U0722686

漫画大语文
这个「神仙」我见过
藏在月亮里的神仙
◎猫猫咪呀 著绘

这个「神仙」我见过

藏在月亮里的神仙

◎猫猫咪呀 著绘

電子工業出版社
Publishing House of Electronics Industry
北京·BEIJING

图书在版编目（CIP）数据

这个神仙我见过. 藏在月亮里的神仙 / 猫猫咪呀著、绘. -- 北京：电子工业出版社, 2024.3
（漫画大语文）
ISBN 978-7-121-47457-6

Ⅰ. ①这… Ⅱ. ①猫… Ⅲ. ①神话－作品集－中国 Ⅳ. ①I277.5

中国国家版本馆CIP数据核字(2024)第051775号

责任编辑：王佳宇
印　　刷：中煤（北京）印务有限公司
装　　订：中煤（北京）印务有限公司
出版发行：电子工业出版社
　　　　　北京市海淀区万寿路173信箱　邮编：100036
开　　本：787×1092　1/12　印张：20　字数：138千字
版　　次：2024年3月第1版
印　　次：2024年3月第1次印刷
定　　价：159.00元（全5册）

凡所购买电子工业出版社图书有缺损问题，请向购买书店调换。若书店售缺，请与本社发行部联系，联系及邮购电话：（010）88254888，88258888。

质量投诉请发邮件至zlts@phei.com.cn，盗版侵权举报请发邮件至dbqq@phei.com.cn。

本书咨询联系方式：电话（010）88254147；邮箱wangjy@phei.com.cn。

序言

哪吒闹海、女娲造人、二郎神大战孙悟空……这些故事曾是中国的孩子们的集体记忆，在姥姥生动的讲述中，在课堂外的连环画中，在吃饭时看到的电视剧中被一遍又一遍地演绎着。

神话传说和童话故事一样，对于孩子们来说，它是一种美好而神奇的存在。神话传说中那些性格各异、法力无边的神仙们，极大地满足了孩子们的好奇心。

有的神仙可以将一块石头变成金子，有的神仙可以看到千里之外的风景，有的神仙挥动金箍棒，将天宫、地府搅了个天翻地覆……

于是，在孩子们的眼中，世界也因此变了模样。

看到东海，他会想象海中有座金碧辉煌的水晶宫，那里住着一位脾气还不错，能呼风唤雨的老龙王。

看到天上的银河，他会数数日子，想着是不是七夕节快要到了？牛郎和织女还在思念着对方吗？

看到元宵节的花灯，他会想起村民们瞒着玉皇大帝假装放火的故事，不禁会心一笑。

神奇的故事丰富着孩子们的心灵，充实着孩子们的生活。怎样才能让这些神奇的故事在今天延续？怎样才能让那些被智能产品包围的孩子们认识到呢？

我们诞生了一个想法，也由此创作了这套《这个神仙我见过》，力图用色彩清新的绘画和生动有趣的文字，为孩子们打开神话世界的大门，让他们了解中国的充满神秘感的诸神故事。

传说是一种古老的，但却一直活跃至今的民间文学体裁。女娲造人、八仙过海的故事，本身就是中国传统文化的一部分，解释了许多民俗和地方风土人情，具有重要的历史意义。

相比西方的神话故事，东方神话往往更接近中国孩子们的生活。这套书从孩子感兴趣且常见的东方神仙角色出发，讲述了一个个发生在这些神仙身上奇妙而有趣的神话故事，将其蕴含的意义以手绘漫画的形式呈现给读者。

借由阅读的形式，可以体会到传统文化中蕴含的想象之美、人情之美，以及意境之美。

这套书分为传说、节日、月亮、书本、我家五个不同的主题，收录了从天上到地下，从身处遥远地方到孩子们身边的两百多位神仙。

读过女娲的故事，孩子们会了解到，身为开天辟地时期的诸神之一，女娲是怎样创造出人的，又是如何用五色石补天的。

看完龙王的介绍，孩子们会懂得水族的领导者——龙王在整个神话体系中占据着的位置，以及我们为何被称为“龙的传人”。

神话故事思维与儿童思维之间有着极为相似的特性，也因此更能引起孩子们的共鸣。开发出神话对于儿童教育的积极作用，在激发儿童阅读兴趣的同时培养他们的良好品德，这正是我们创作这套绘本的初衷。

目录

藏在月亮里的神仙

嫦娥

吴刚

月老

嫦娥

“咦，哪里来的小兔子？
原来是嫦娥仙子的玉兔啊！
真可爱，我能跟它一起玩吗？”

嫦娥是谁

神仙档案

本名：嫦娥

别名：姮娥、常娥、素娥

成就：长生不老、奔月升仙

丈夫：后羿

宠物：玉兔

宫殿：广寒宫

传说中的她

后羿射掉了九个太阳，只留了一个太阳在天上，大地从此不再干旱。西王母为了奖励射日的英雄，送给后羿一粒仙药，吃了它就可以长生不老，羽化升仙。

后羿将仙药交给妻子嫦娥保管。有一个叫逢蒙的人得知了此事，趁后羿外出打猎便来抢仙药。嫦娥哪里是他的对手，情急之下，只好把仙药吃了。（一说为嫦娥自己偷吃了仙药，无人胁迫。）

嫦娥一吃下仙药，就觉得脚下变得轻飘飘的，乘着云彩飞上了天，一直飞到了月亮上，在广寒宫住了下来。

《西游记》中的嫦娥

“嫦”“娥”这两个字都是女字旁的，指姿容秀美的女子。《西游记》中也出现了嫦娥，不过，《西游记》中的嫦娥是一种称谓，指月宫中所有的仙女，并非单指奔月的这位嫦娥。

月亮上的蟾蜍

清冷的月亮影影绰绰的，这引发了人们的无尽猜想，仿佛月亮上有什么。屈原在《天问》中写道：“夜光何德，死则又育？厥利维何，而顾菟（tù）在腹？”“顾菟”被闻一多解释为蟾蜍，古人认为月亮上有只三条腿的金蟾，所以也将月亮称为“金蟾”“玉蟾”“蟾蜍”。

三条腿的金蟾

东汉天文学家张衡所著《灵宪》中记载，后羿从西王母那里得到了不死之药，嫦娥偷了仙药，飞升月宫，化身为蟾蜍。古人认为蟾蜍是能够辟邪、长生的神物，三足金蟾则是能够口吐金钱的吉祥之物。因此，人们也把月宫叫作“蟾宫”。

日月之神

古人崇拜日月，认为太阳内有三足金乌，月亮中有三足金蟾，它们分别是日月之神。传说十只金乌每天轮流驾驶日车，从东方的扶桑树上升起，于是就有了日升日落，金乌便被视为太阳神鸟。

蟾蜍在中国古代文化中是一种特殊的意象，早在汉代，蟾蜍就已被视为月精，是月亮的象征，它常常出现在彩陶、青铜、帛画、壁画等艺术品的纹饰中，陕西咸阳就曾出土一件精美的青铜蟾蜍。

蟾蜍与月亮

蟾蜍是怎么和月亮扯上关系的呢？这与蟾蜍的习性有关。

未卜先知报天气：

白天蟾蜍一般躲在阴暗的地方，很少出来，但是在下雨前它就会现身。这是因为蟾蜍的呼吸除了依靠肺，还要借助皮肤，氧气溶解在皮肤表面的黏液中再进入血液，所以它喜欢潮湿。降雨前空气潮湿，所以它就出来活动了。

坑坑洼洼的皮肤：

蟾蜍的皮肤凹凸不平，坑坑洼洼的，月球的表面刚好也是这样，看起来和蟾蜍的皮肤很像。

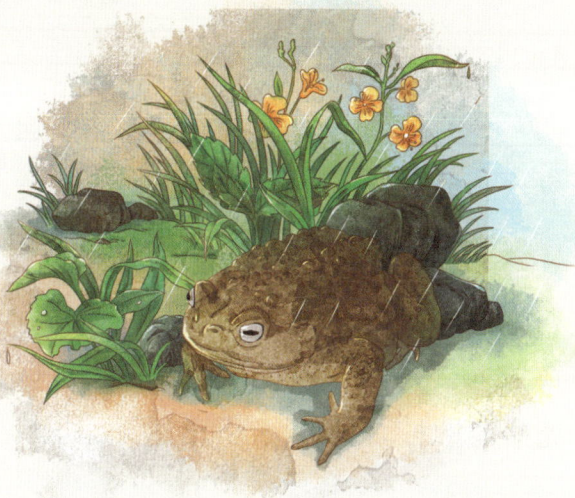

生殖崇拜：

古人有生殖崇拜，蟾蜍是繁殖能力很强的动物。月亮属阴，是女性的象征，恰好也代表着繁殖与生育。

用蟾蜍做图腾

古代的氏族或部落通常都有自己的图腾，如龙图腾、狼图腾。一些人发现蟾蜍或青蛙的活动规律与月亮相似，月亮上的阴影看起来又很像蟾影或蛙影，于是便把月亮上的神蟾或神蛙当作自己的图腾，将它视为自己的祖先。

嫦娥的丈夫：后羿

嫦娥的丈夫名叫后羿，他是夏朝有穷氏的部落首领，也是神话中的英雄。《荀子》中记载："羿者，天下之善射者也。"后羿是天下最擅长射箭的人，关于他的传说，最著名的就是后羿射日。

后羿射日

相传，远古的时候，帝俊与羲和生了十个孩子，他们是十个太阳。太阳本应每天一个轮流地从东方升起。可是，他们却一齐跑了出来，炙烤着大地，晒干了土地和河水，晒死了禾苗和树木，人们苦不堪言。

这时，一个擅长射箭的英雄出现了，他就是后羿。后羿张弓搭箭，一连射下了九个太阳，只留了一个在天上。从此，人们过上了日出而作，日落而息的生活。

一直以来，人们都将后羿视为英雄，崇拜其神箭手的风姿。出土于四川省广汉市三星堆遗址的商青铜神树上，有数只三足乌，这侧面佐证了后羿射日的传说。

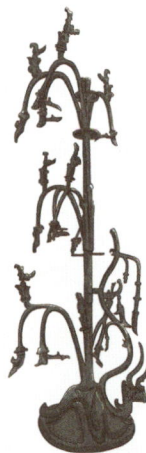

太阳去哪儿了？

被后羿射落的那九个太阳到哪儿去了呢？《庄子·秋水》中记载：“羿射九日，落为沃焦。”意思是：太阳落到大地上，化为了沃焦山，沃焦山是古代传说中东海南部的一座大山。

神人变鬼王

后羿是神话传说中难得一见的英雄人物，他为百姓射日、斩杀怪兽的故事流传甚广，生前被视为半人半神的“神人”。《淮南子》中记载：“羿除天下之害，死而为宗布。”后羿死后成了宗布神，也就是鬼王。

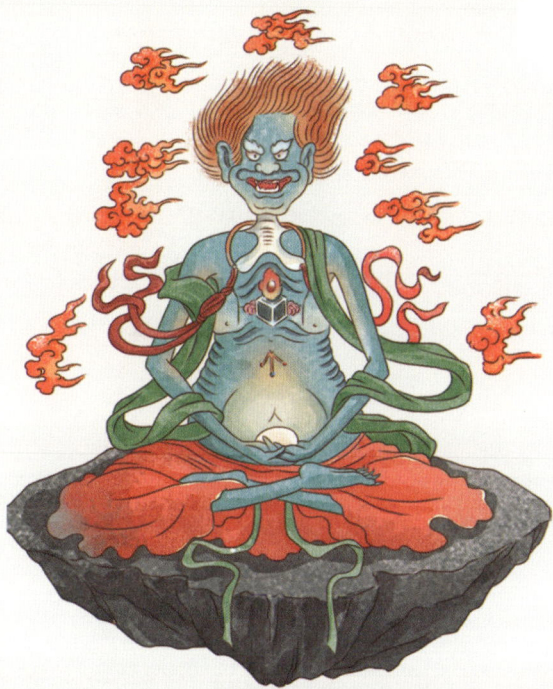

天作之合

后羿和嫦娥相遇，成就了一场浪漫的一见钟情。《淮南子》中记载，后羿在山中狩猎，在月桂树下碰见了嫦娥，于是两人以月桂为证，成就了一段天作之合。

嫦娥

传说，嫦娥奔月成仙后，不忍离后羿太远，于是便在月亮上的广寒宫住了下来。

汉文帝 刘恒

姮娥变嫦娥

嫦娥最早叫姮娥，为什么要给她改名呢？这与“避讳”的习俗有关。在历史上，皇帝的姓名及一些特殊字眼是要避开不谈的，不能直接写出。在使用的时候要避开，改字就是一种方法。

汉文帝名叫刘恒，为了避讳“恒”这个字，就把姮娥改成了嫦娥。后来，人们就渐渐习惯了这个说法。

寒浞的礼物

有一种说法认为广寒宫不在月亮上，而在我们的地球上。相传，夏朝有穷氏部落的首领后裔拜寒浞为相。谁料寒浞杀了后裔，篡位称王，改国号为“寒”。他还看上了后裔的妻子嫦娥，为了取悦嫦娥，寒浞为她修建了一座规模宏大的宫殿，这就是广寒宫。

诗人笔下的嫦娥

嫦娥奔月的传说凄美动人，嫦娥历来都是诗人笔下吟咏的对象。

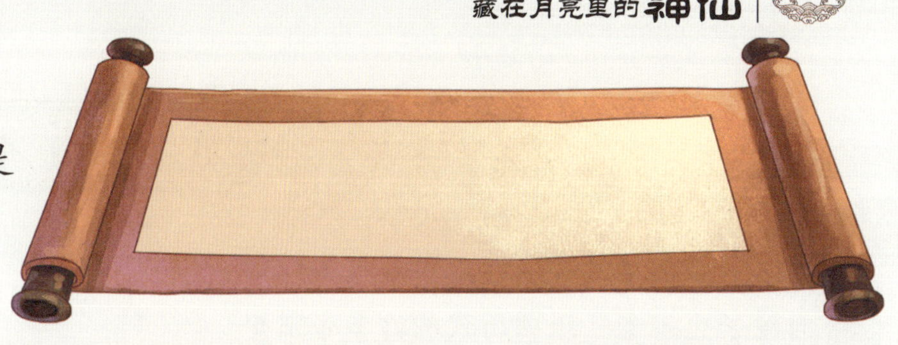

嫦娥应悔偷灵药，
碧海青天夜夜心。
——《嫦娥》【唐】李商隐

白兔捣药秋复春，
嫦娥孤栖与谁邻。
——《把酒问月·故人贾淳令予问之》【唐】李白

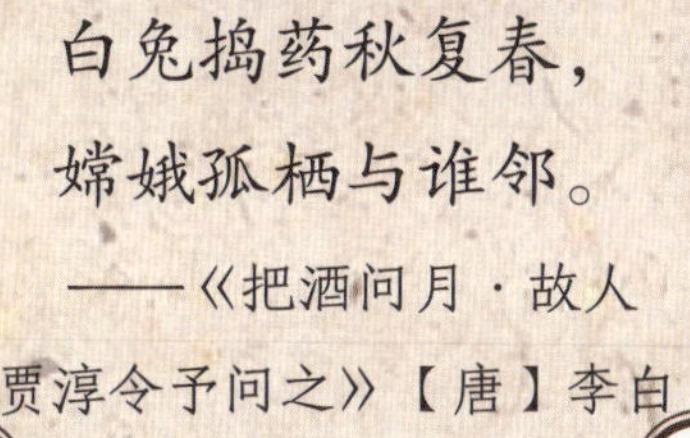

博得嫦娥应借问，
缘何不使永团圆。
——《香菱咏月·其三》【清】曹雪芹

遥知天上桂花孤，
试问嫦娥更要无。
——《东城桂三首》【唐】白居易

嫦娥与中秋节

赏月、拜月是我国民间的古老习俗。相传嫦娥奔月的那天恰好是农历八月十五，百姓们听说嫦娥奔月成仙后，纷纷在月亮下摆香案，对着月亮上的嫦娥祈福，就这样中秋节拜月的习俗渐渐流传开来。

长生不老

人的寿命是有限的，因此古人特别向往长生不老。历朝历代的许多帝王想尽了办法来寻访或研制长生不老药，却从未有人真的长生不老。

西王母的长生不老药

《穆天子传》中记载，周穆王有八匹日行三万里的神马，他曾驾着马车去瑶池拜见西王母，西王母在瑶池设宴款待了周穆王。人们根据《史记》推断周穆王活到了105岁（应为误传），在古人看来这是非常长寿的。传说，这是因为周穆王吃了西王母的长生不老药的缘故。

无奈还是贪婪？

长生不老药本是西王母送给后羿的，最后却被嫦娥吃了。关于嫦娥为什么要吃长生不老药，人们有着不同的看法，有的人认为她是迫于无奈，有的人则认为她是出于贪婪。

逢蒙，这仙药我宁可吃了，也不会让你抢走！
我若是吃了这仙药就能即刻成仙了！

嫦娥为什么
要吃仙药呢？
不知道……她只能独自
住在月亮上，多孤单啊！

人间的挂念

传说嫦娥住在广寒宫与玉兔相伴，命玉兔天天捣药来制作长生不老药，期盼着有一天自己能再次和后羿团聚。

永恒的梦想

追求长生不老是帝王的梦想，相传秦始皇曾派徐福带领数千名童男、童女，去蓬莱仙岛寻访长生不老药，然而徐福却一去不复返。

传说中也有许多长寿的神仙。相传彭祖是最长寿的道教神仙，活了800岁。在山东有个名叫安期生的神仙，曾在东海卖药，当时已有1000岁，人称“千岁翁”。

玉兔

在凄冷的广寒宫里，与嫦娥日夜相伴的就只有玉兔了。玉兔又叫月兔，在广寒宫负责捣制长生不老药。

玉兔是什么来历？

关于玉兔的来历有许多不同的说法，但这些说法都和嫦娥有关。有的人说是嫦娥自己变成了於菟，“於菟”原本是“虎”的别称，却被误说成了“玉兔”，有的人说是后羿舍不得嫦娥，就自己变成了玉兔，到广寒宫去陪伴嫦娥了。

玉兔捣的是什么药？

玉兔没日没夜地在广寒宫捣药，到底捣的是什么药呢？《董逃行》中有诗句提道：“采取神药若木端，玉兔长跪捣药虾蟆丸。”玉兔捣的是一种名叫蛤蟆丸的长生不老药。

登上月球的"玉兔号"

2013年12月15日，中国首辆月球车"玉兔号"顺利驶抵月球表面，在月球上留下了中国的第一个足迹。此外，我国探月计划中的多个探测器都是以"嫦娥"命名的。

有趣的"兔儿爷"

传说，有一年北京城里瘟疫盛行，嫦娥让玉兔化为人形，到凡间为百姓送药，最终驱走了这场瘟疫。后来，人们仿照戏曲人物形象，用泥塑把玉兔塑造成各种各样威武的形象，在中秋节祭拜"兔儿爷"，"兔儿爷"成了中秋节老北京流行的儿童玩具。

吴刚

“金桂飘香，是秋天的味道！
咦，桂花怎么都落下来啦？”

神仙档案

本名：吴刚

别名：吴刚老人

宫殿：月宫

职责：砍伐桂树

成就：酿成天下第一美酒——桂花酒

传说中的他

从前，黄河边上住着一个名叫吴刚的人，他是一个热衷于修道的道士。他在学仙术时犯下过错，被罚去月宫砍伐桂树。

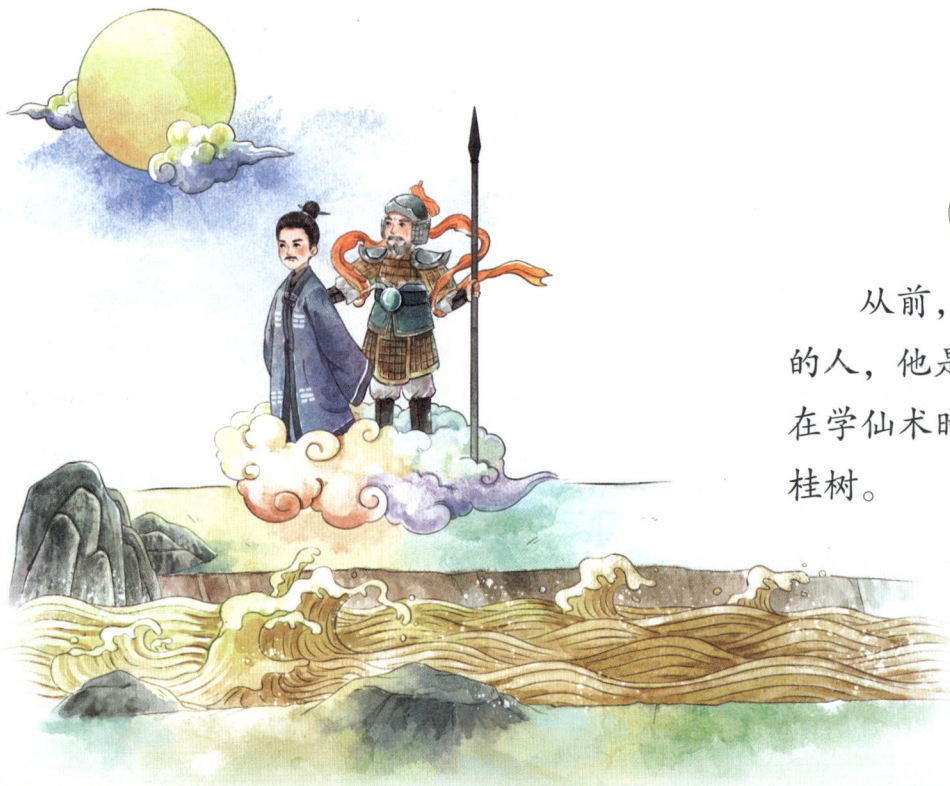

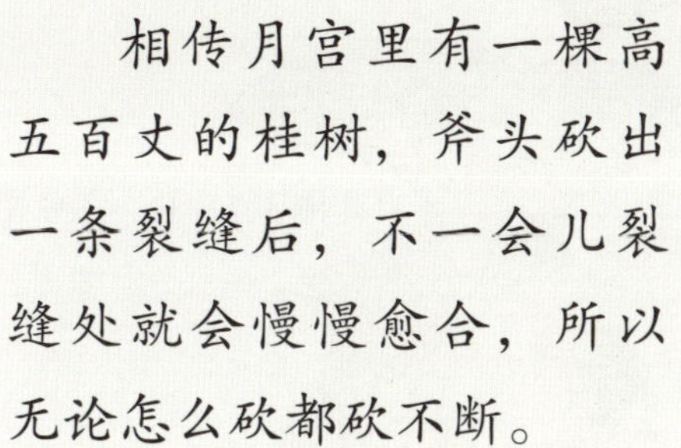

相传月宫里有一棵高五百丈的桂树，斧头砍出一条裂缝后，不一会儿裂缝处就会慢慢愈合，所以无论怎么砍都砍不断。

吴刚所受的惩罚是无穷无尽的。他只能不停地用斧头砍伐桂树，再眼睁睁地看着裂缝愈合，面对这棵怎么也砍不断的参天大树，反思自己的过错。

吴刚砍的是什么树

真的有不怕砍的桂树吗？桂树的品种非常多，树被砍而不死确实是神话中夸张的表达，不过，有些品种的桂树轻微剥皮后，依旧可以存活。

桂树，你每天都要被砍，一定很痛吧？
只是破了点儿皮，不要紧！

月桂、肉桂与桂花

月桂的叶片一经揉搓就有香气，被用作常见的中餐调味料——香叶。

肉桂的树皮常被拿来做香料或药材。肉桂树被剥了皮，皮还能长出来，如果吴刚砍的那棵桂树真能死而复生，很可能就是肉桂。

桂花香气馥郁又别具特色，可以用来做香料，还能做桂花糕、桂花酒。

月桂树
肉桂树
桂花
为什么古诗里也有桂花啊？
人闲桂花落，夜静春山空。

桂与广西

古时候的“桂”指的并不是木樨科木樨属的桂花树，而是指樟科樟属的肉桂树。肉桂也叫玉桂，是一种重要的香料植物。由于它盛产于广西，所以也叫“广西桂”。广西壮族自治区的简称就是“桂”，人们也用“八桂”来泛指广西。

蟾宫折桂

郤诜（xì shēn）是西晋时的大臣。一次，晋武帝让他做自我评价，郤诜说：“我就像月宫里的一段桂枝，昆仑山上的一块宝玉。”月宫即蟾宫，从月宫攀折桂枝，即科举考试得中。人们用成语“蟾宫折桂”比喻金榜题名，获得巨大成就。

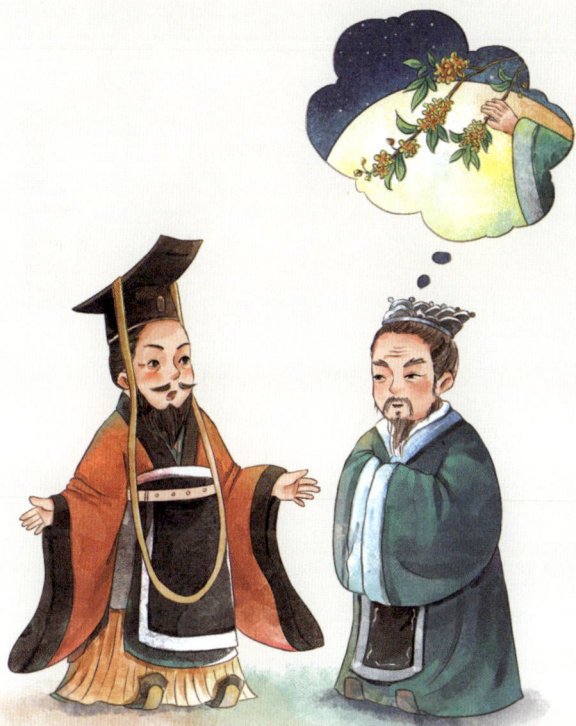

象征财富的金桂叶

“桂”的谐音是“贵”，有财富和吉祥的寓意。相传每年的农历八月十六那天，会有一片金桂叶从月亮上飘落，飘到最勤劳的那户人家，为他们带去无尽的财富。

唐明皇：我见过吴刚

唐玄宗李隆基，世人也称其为“唐明皇”，他是个充满故事的皇帝。他励精图治开创了开元盛世，后又怠慢朝政，导致了“安史之乱”的爆发。他和杨贵妃的爱情故事凄美动人，同时，他还热爱音律，是流行乐队的弄潮儿。

《霓裳羽衣曲》

唐朝洛阳离宫所在的位置是三乡驿，唐玄宗曾在此游览，登高望见女儿山。女儿山云雾缭绕，如同仙境，唐玄宗感到自己仿佛身处月宫，由此触发灵感，写下了著名的《霓裳羽衣曲》，在曲中唐玄宗描绘了自己在月宫的种种奇遇。

史上最落魄的神仙

相传唐明皇夜游月宫时还曾见过吴刚，他满脸倦容，衣着破烂，就连斧头都已经生锈了。

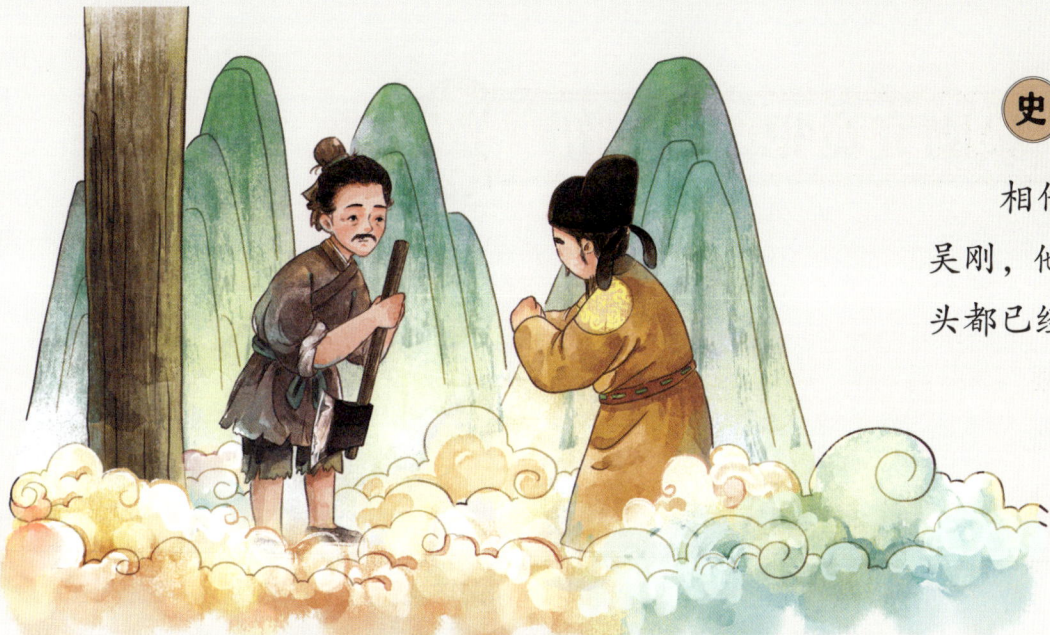

玩乐队的唐明皇

唐明皇是名副其实的“音乐发烧友”，他在皇宫内外开设梨园和教坊，培养了一大批专业的音乐人才和舞蹈人才。他自己也能演奏乐器，擅长羯鼓。李龟年兄弟三人曾组成一支乐队，唐明皇还是他们的歌迷呢！

神仙就是灵感来源

唐明皇会玩乐器，丝竹管弦全都擅长，而且还是多产的作曲家。唐明皇喜好仙术，人们问他作曲的灵感是从哪儿来的，他就开玩笑地回答是梦里的神仙告诉他的！

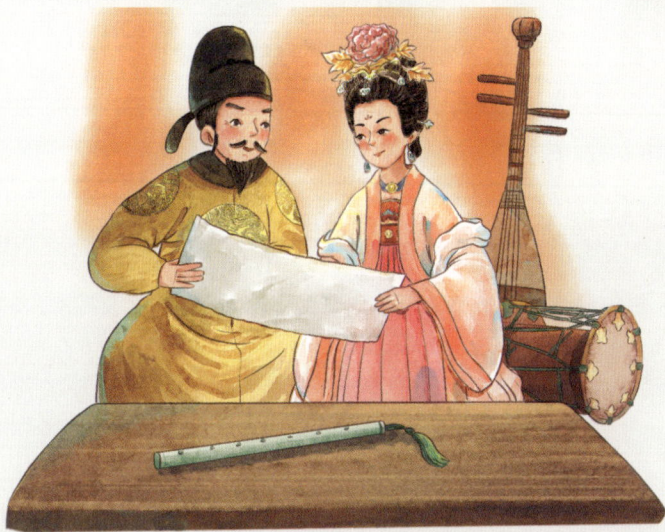

吴刚究竟犯了什么错

吴刚究竟犯了什么错？为什么要遭受无穷无尽的惩罚呢？在众多的版本中，有的说他学仙有过，有的说他擅离职守，最严重的是说他杀了炎帝的孙子。

杀了炎帝的孙子

《山海经·海内经》中记载了一个名叫吴权的人的故事，吴权和炎帝的孙子伯陵产生了矛盾，两人大打出手，最后吴权把伯陵杀死了，后人认为这个故事中的吴权就是吴刚。

学仙有过

西河人吴刚原本沉迷修仙，却在学习仙道的时候，违反了修仙的规则，于是被惩罚到月亮上砍树。

擅离职守

另外一种说法与嫦娥有关。吴刚原本在南天门当差，因为和广寒宫里的嫦娥要好，因此经常擅离职守，与嫦娥相会。玉皇大帝知道后，就罚他去月宫砍桂树。可是桂树怎么也砍不断，于是吴刚既不能重返南天门，也不能和嫦娥见面了。

仙乐飘飘

三个儿子

有人认为《山海经·海内经》中提到的吴权就是吴刚，他有三个儿子，他们发明了许多乐器，并且创作了乐曲。传说吴刚的三个儿子到月亮上去陪他，于是月宫里时常仙乐飘飘。

古代的乐器

中国的古代乐器各具特色，演奏方式不尽相同，有许多乐器一直流传至今，保留着穿越千年的音色，为我们带来奇妙的听觉盛宴。

磬（qìng）

异形打击乐器，有石制的、玉制的、铜制的，用于宗庙祭祀。

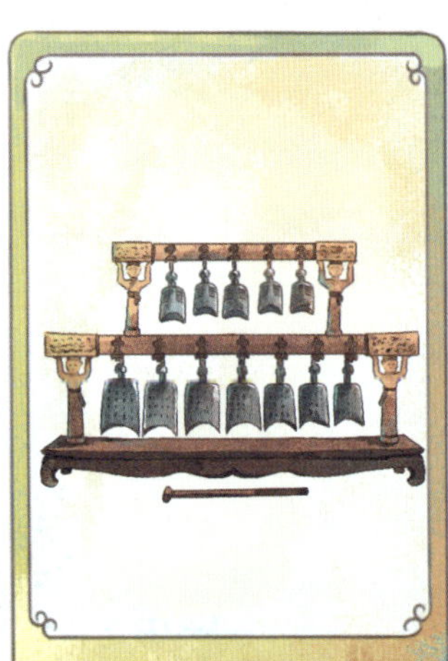

编钟

打击乐器，多为青铜材质，可以有规律地搭配使用。

埙（xūn）

吹奏乐器，外形像一枚鸡蛋，多为陶制，音色朴素。

鼓

打击乐器，共鸣好，声音雄壮且传得远，常用于战场助威。

古琴

一种七弦无品的拨弦乐器，根据凤的身形制成。

瑟（sè）

古代弦乐器，像琴，一般有二十五根弦。

二胡

胡琴的一种，始于唐朝，至今已有一千多年的历史。

琵琶

声音像两块玉相撞，清脆悦耳，已有两千多年的历史。

笙（shēng）

音质高雅柔和，是世界上现存的大多数簧片乐器的鼻祖。

箫

单管，竖吹，音色圆润轻柔、幽静典雅。

笛

迄今为止发现的最古老的汉族乐器。笛子是横着吹奏的。

月亮的声音：月琴

月琴起源于汉代，是一种中国传统的弦乐器，源于阮。它的琴身形似一轮圆月，如今彝族等少数民族仍在使用。

掌管音乐的神仙

伶伦是黄帝时期的乐官，《吕氏春秋·古乐》记载："昔黄帝令伶伦作为律。"他是中国音乐的始祖，后来被尊为"乐神"。

神仙也有法律

俗话说：没有规矩不成方圆。即使当上神仙，也要守神仙的规矩。

什么是天条？

“国有国法，家有家规。”天上的神仙都要遵守天条，这是道教的金科玉律，神仙犯天条是要受罚的。

谪仙

神仙可能会被贬下凡间，就像当官被贬一样。人们将才情高超的文人比喻成“谪仙”。诗仙李白就有“谪仙人”的称号，杜甫曾写道：“昔年有狂客，号尔谪仙人。”

奇奇怪怪的触犯天条的方式

神仙都是循规蹈矩的吗？当然不是，他们触犯天条的方式五花八门。

“纵火忤逆”型

《西游记》中，小白龙纵火烧了龙宫里的夜明珠，犯下了死罪。幸好观音菩萨出面，让小白龙戴罪立功，变成白龙马驮唐僧去西天取经。

“动了凡心”型

《宝莲灯》中，三圣母动了凡心，和凡人相恋并生下儿子沉香。她触犯了天条，被压在华山莲花峰下。沉香长大后，劈开华山救出了母亲。

惩罚神仙的方式

神仙触犯天条后，根据犯错的严重程度，会受到不同的惩罚。轻的施以杖责，即用棍子打屁股；重的发配徒刑，即去做苦力；不听话的用针决，即用雷针“天打五雷轰”。如果这些都没用，就只能出奇招了。如孙悟空，这些方式都治不了他，就只能将他丢进太上老君的八卦炉中。

被贬下凡：《西游记》中，猪八戒原本是天上的天蓬元帅，在蟠桃会上喝醉后调戏嫦娥，犯下了死罪。最终，天蓬元帅被罚受两千重锤，结果被打得皮开肉绽。他被贬下凡后却错投了猪胎，长得猪头猪脑的，俗名叫“猪刚鬣”。

残酷体罚：沙僧原本是天上的卷帘大将，在蟠桃会上失手打碎了琉璃盏，玉皇大帝便将他杖责八百，贬下凡间流放到流沙河，每七天承受一次飞剑穿心的酷刑。

月老

“老爷爷，你拿着这根红线做什么呀？”
“这是牵姻缘的，我要用它把相爱的人连在一起。”

月老是谁

神仙档案

- **本名**：柴道煌
- **别名**：月老、月下老人、月下老儿
- **法宝**：红绳、姻缘簿
- **职责**：掌管姻缘
- **外貌**：童颜鹤发

传说中的他

从前有个叫韦固的书生，一天，他在寺庙门前遇到一位白发老人，正坐在台阶上对着月亮翻书。韦固凑上前去，书上的字他竟一个也不认识。老人说这并非凡间之书，而是天上掌管男女婚事的婚牍。

韦固又问老人袋子里的红绳是做什么的。老人说这是用来牵夫妻二人的红线，一男一女出生时就已经被这根红线牵在一起了，无论发生什么，两个人都一定会成为夫妻。

韦固便问老人自己的妻子是谁，老人说是卖菜陈婆的女儿，今年三岁。韦固一点儿也不信，他不愿娶贫苦人家的女儿，便派人去杀害小女孩。仆人胆小不敢，只把女孩的额头刺破了。

多年后，韦固终于成亲了。他的妻子的眉间总贴着彩色纸花，询问后才知道，原来他的妻子在三岁的时候被人刺伤了额头，她果真是当年的那个小女孩。韦固听后大吃一惊，这才相信了月下老人的话。

“仇人”变“亲人”

《封神演义》中也有月老的身影。龙吉公主是姜子牙旗下的得力干将，她捉拿了商营的将领洪锦，正准备将他处斩时，月老匆忙赶来为他们二人牵了红线，龙吉公主和洪锦便结为夫妻。

月老都在忙什么

月老掌管姻缘，他的工作就是将一男一女用红线牵在一起，其实就是牵线搭桥，进行说合。他的身份相当于后来的媒人。

还要向您多多学习呢！
您是我们的祖师爷！
哪里，哪里。

做媒

“父母之命，媒妁之言。”中国古代男女的婚嫁需要媒人从中说合。说媒历史悠久，《诗经》中说道：“匪我愆期，子无良媒。”可见那时的人们就讲究“无媒不成婚”了。

古代媒人分两类：官媒和私媒。官媒是官方的，最早出现在西周时期，古代有专门管理男女婚姻的机构。私媒是民间的，也就是人们常说的媒婆。

无媒不成婚

古代的人们不可以自由恋爱、结婚，甚至有法律规定成婚必须有人做媒。《唐律疏议》中记载：“为婚之法必有行媒。”因此，媒人变得不可或缺，成了一种重要的职业。

古代媒人的别称

哇，原来你就是媒婆！

换个称呼呗，媒人还有好多种叫法呢！

冰人

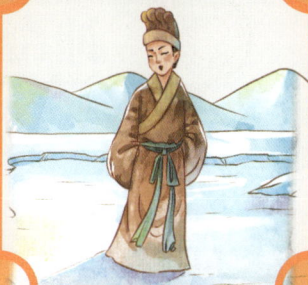

《晋书》中提到，孝廉令狐策梦见自己和冰下的人对话，解梦的人说这象征阴阳调和，他应该去做媒。因此，媒人也叫“冰人”。

红叶

唐代宫女在红叶上题诗，叶片顺流而下，被书生拾起。二人用此法交流沟通，最终成婚，“红叶”便成了媒人的代名词。

伐柯

《诗经·伐柯》中提到，砍伐不能没有斧子，娶妻不能没有媒人。因此，媒人也叫“伐柯”。

红娘

《西厢记》中，红娘牵线搭桥，促成了崔莺莺与张生的爱情。“红娘”便成了媒人的代名词。

月老

月老牵红线促姻缘，是媒人的祖师爷，因此也可以用“月老”来称呼媒人。

保山

山十分可靠，人们把担保人叫“保山”，包括担保婚姻的媒人。

人人爱红娘

《西厢记》是元代剧作家王实甫创作的杂剧，讲述了相国小姐崔莺莺和书生张生的爱情故事。他们在普救寺西厢房相遇，一见钟情，但却受到了百般阻挠。幸好丫鬟红娘从中相助，崔莺莺和张生才得以冲破重重枷锁，最终有情人终成眷属。

神奇的红线

红色是中国人喜爱的颜色，在不同的年代，红色的物品有着不同的含义。

红绳不能随便系

不要小看一根简单的红绳，佩戴红绳有着不同的含义。古人佩戴红绳不仅可以用作“桃花符”，祈求姻缘，当定情信物，还可以当作“护身符”，保佑平安，转运招财。本命年的时候戴根红绳，还能起到辟邪的作用。古代的青楼女子会在腰间系一根红绳，在辟邪的同时，也可以表明自己的身份。

千里姻缘一线牵

“千里姻缘一线牵”是一个成语，意思是有缘分的男女即便相隔千里，在月老的红线的牵引下，也能结为夫妻，形容夫妻缘分是命中注定的。

《红楼梦》中，薛姨妈曾对黛玉和宝钗讲起月下老人的故事，“自古道：‘千里姻缘一线牵’。管姻缘的有一位月下老人，预先注定，暗里只用一根红丝把这两个人的脚绊住，凭你两家隔着海，隔着国，有世仇的，也终久有机会作了夫妇”。

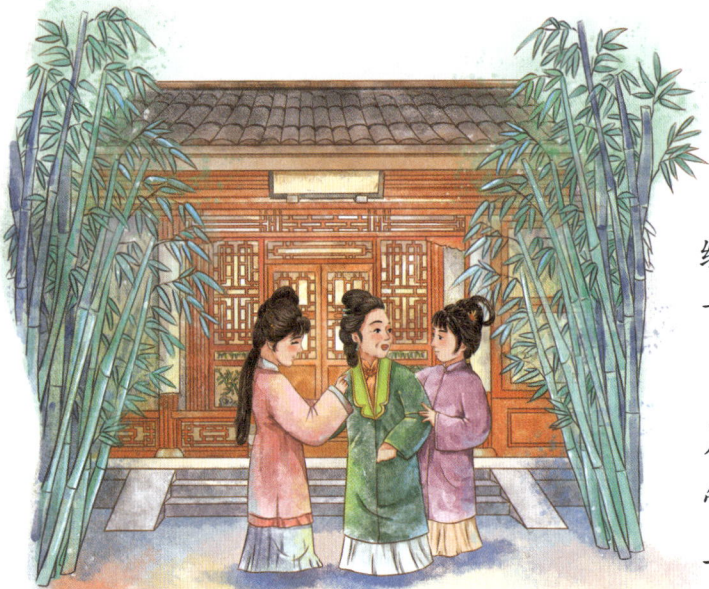

从系红线到牵红巾

宋代的吴自牧在《梦粱录》中记载了当时婚礼的习俗，其中有一个牵巾仪式：将挽着同心结的绸带递给新人，一人牵着一端，相向而行，表示夫妻二人心手相牵。这种习俗也延续到了后来的婚礼上。

好看的中国红

中国古代讲究五行，认为天地万物是由金、木、水、火、土这几种基本物质组成的，分别与白、青、黑、赤、黄五种颜色相对应。赤色就是红色，即熊熊火焰的颜色，代表热闹、喜庆与祥和。周朝崇尚赤色，给了红色正统的地位，从此，红色就成了中国的流行色。每逢重大节日，或者遇到大事、喜事，每一个人的身上都少不了一抹浓艳的中国红。

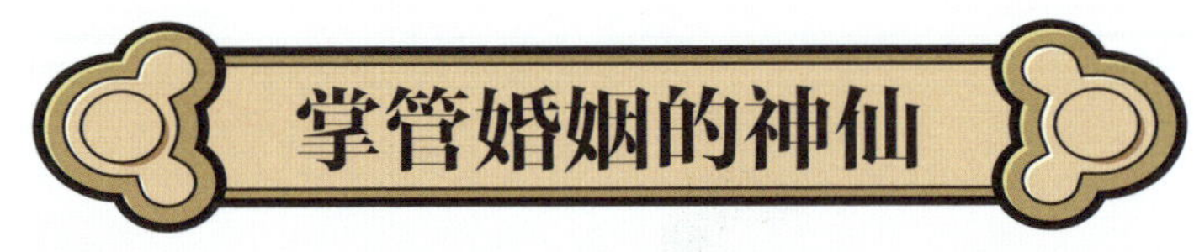

掌管婚姻的神仙

民间的媒婆不止一个，掌管姻缘的神仙也有很多，他们都是月老的同行。

地曹

在唐代戴孚创作的《广异记·阎庚》中，记载了地曹的故事。地曹是地府里掌管河北婚姻的神仙，他促姻缘的方式是用细绳绊住男女的脚。

和合二仙

和合二仙名叫寒山、拾得，是佛教中两位笑容可掬的神仙。一人手持荷叶莲花，一人手拿圆形宝盒，“荷”“盒”谐音“和合”，寓意夫妻和睦，百年好合。

太阴星君

太阴星君是道教神话中的月神，也叫太阴娘娘。《封神演义》中商纣王的妻子姜王后为人贤良，却惨遭妲己陷害，悲惨而死，后来她的魂魄入封神榜，姜子牙封她为太阴星君。在古代的农历八月十五这一天，女子有拜月的习俗，为的是向月神祈求一段美好的姻缘。

万能的女娲娘娘

女娲娘娘补过天，造过人，是上古神话中的“大地之母”。她不仅创造了男人、女人，还替人类建立了婚姻制度，使男女可以婚配，繁衍后代，因此她也被视为“媒神”“婚姻之神”。

古人结婚手册

婚礼可不是现代的产物，很早以前，古人就开始举行婚礼了，而且在婚礼前后，有一套完整的规矩！

婚前准备

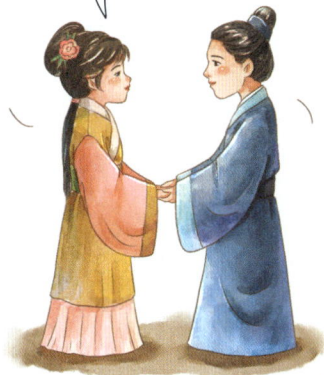

三书： 指婚前要准备的文书，包括聘书、礼书、迎书。

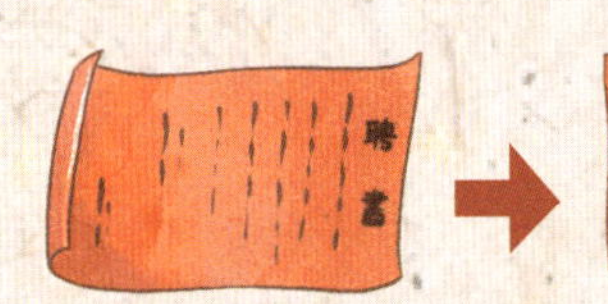

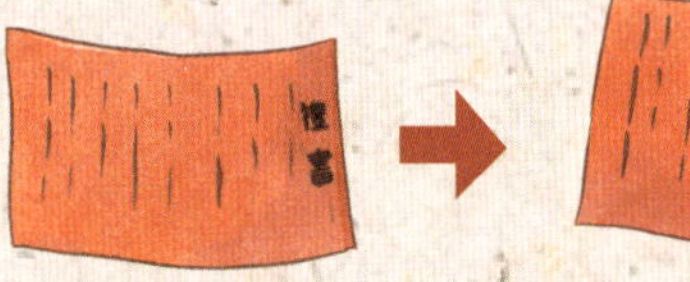

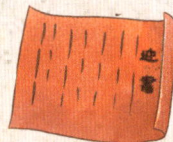

聘书

定亲之书，男女双方正式缔结婚约。

礼书

礼物清单，详细列出礼物的种类和数量。

迎书

迎娶新娘之书，结婚当天接新娘过门时用的文书。

六礼： 指从求婚到完婚的整个过程，包括六个礼法——纳采、问名、纳吉、纳征、请期、亲迎。

纳采

男方请媒人向女方提亲，女方同意后，男方备礼去求婚。

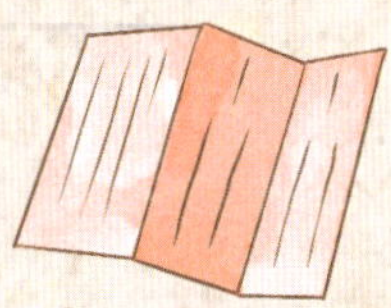

问名

男方请媒人问女方的姓名和生辰八字。

纳吉

男方将女方的姓名、生辰八字取回后，在祖庙进行占卜。

纳征

又称过大礼，男方将聘书和礼书送给女方。

请期

男方择定婚期，告知女方，求其同意。

亲迎

婚礼前一两天女方送嫁妆、铺床，隔日新郎亲至女方家迎娶新娘。

成亲啦

抬花轿：

结婚当天，新郎带大红花轿来迎娶新娘。

射箭：

新娘下轿前，新郎朝轿门射三支红箭，以驱除邪气，展露风姿。

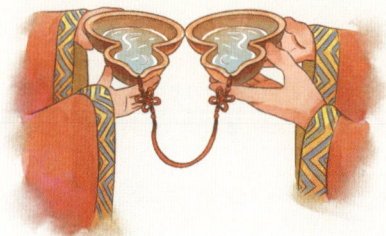

跨火盆：

新娘下轿，在搀扶下跨过火盆，象征去除晦气，生活红红火火。

拜堂：

也叫拜天地，共有三拜：参拜天地、参拜双亲、夫妻对拜。

入洞房：

洞房指新婚夫妇的房间，二人从此生活在同一屋檐下。

交杯酒：

也叫“合卺酒”，“卺”是用一个瓜做成的两个瓢，象征你中有我，我中有你。

结发：

夫妻二人各取一小绺头发，合在一起绑成一个同心结，成为结发夫妻。

月老的对头

月老负责牵起人间的姻缘，与之相反，地府里有一位孟婆，负责消除人们生前的执念。

传说人死之后要过鬼门关，经过黄泉路，路上有一条忘川河，河上有一座奈何桥，桥边坐着一位老婆婆，她就是孟婆。

地府第一站：孟婆庄

清代史料《吴下谚联》中记载，人死后要去的第一处是孟婆庄，将生前的功过注入轮回册内，转世投胎也要从这里经过。孟婆庄住着一位老婆婆——孟婆，她将鬼魂引入雕梁画栋的屋内，唤出三位美女：孟姜、孟庸、孟戈，由美女捧出孟婆汤，供鬼魂一饮而尽。

孟婆汤

孟婆汤也叫迷魂汤，传说是由收集来的人的眼泪制成的，鬼魂喝了就可以消除生前的一切记忆，忘记所有的爱恨情仇，安心地去投胎。

奈何桥上

传说阴曹地府里有一条奈河，也叫忘川河，河水腥风扑面。人死之后，所有鬼魂都要经过这里，之后才能转世投胎。河上有一座桥，名叫奈何桥，之所以有此名称，也许是因为人们在路过时，总是叹息着生前的种种无奈吧。

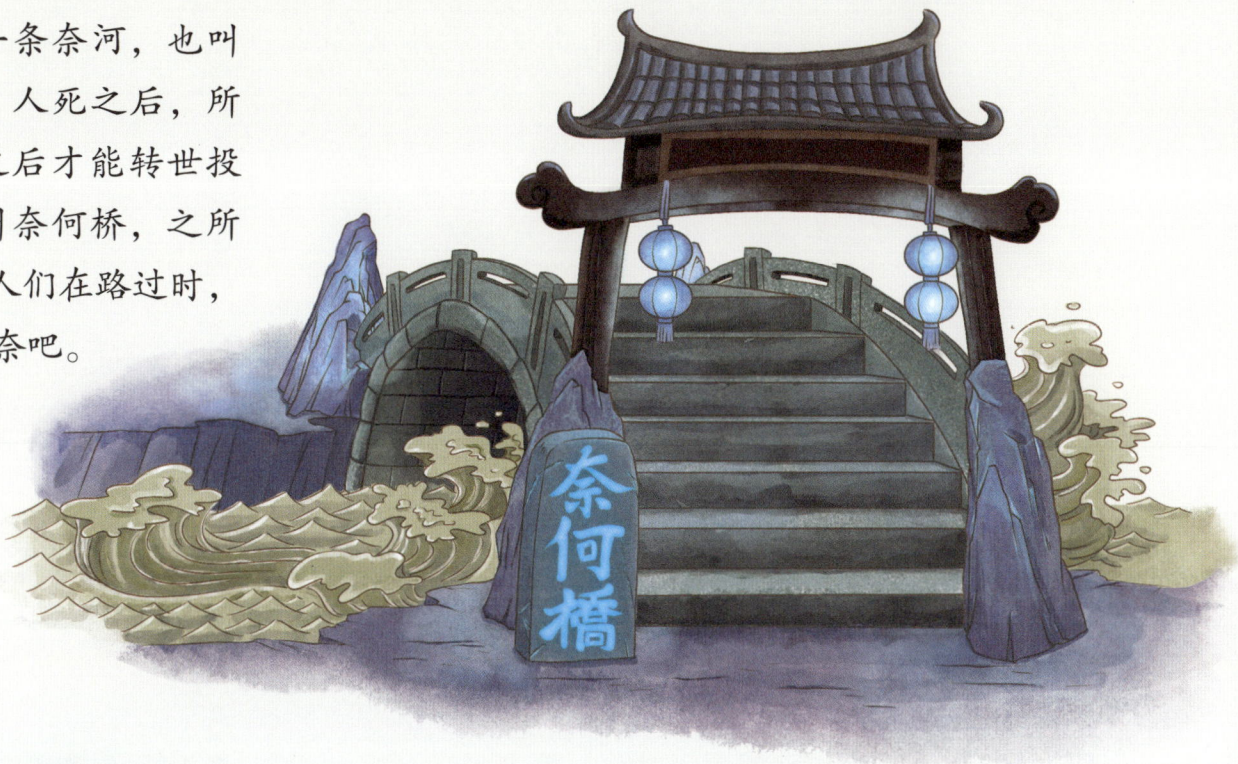

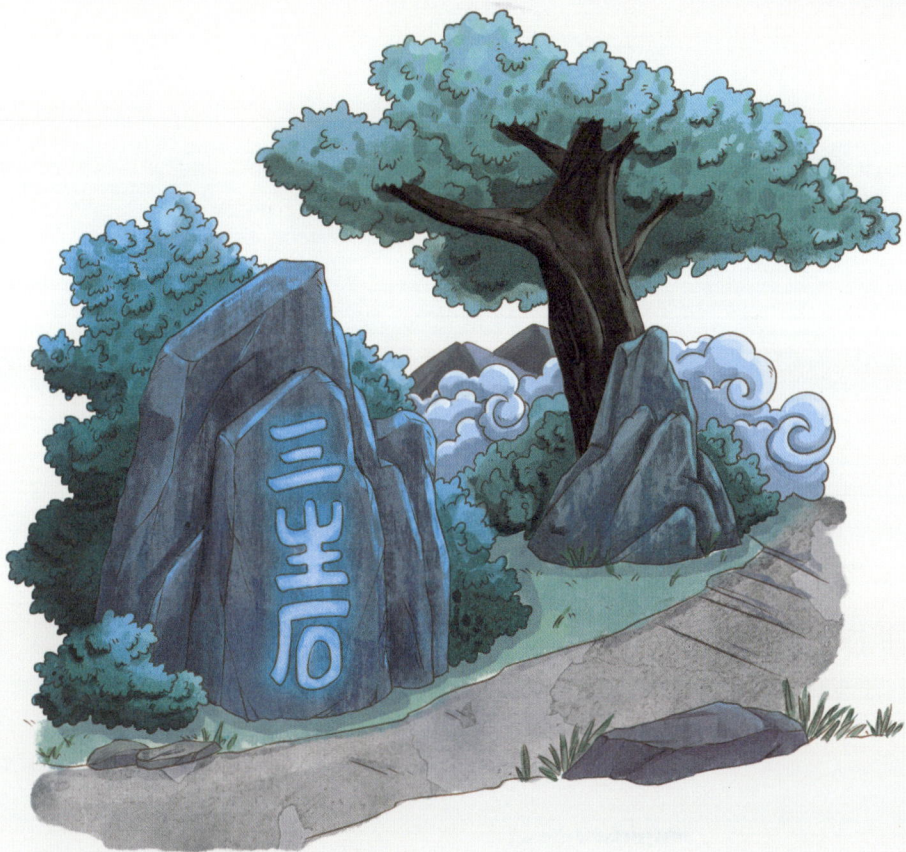

三生石

“三生”源自佛教的因果轮回学说，分别指的是前生、今生、来生。相传女娲造人后，于西天灵河畔得到一块顽石，女娲将它封为“三生石”，放在鬼门关的忘川河边，掌管三世姻缘轮回。三生石是姻缘的象征，人们期盼相爱的人能够缘定三生。

本书编委会

执行主编：闫怡然

编　者：王玉玲　冯嘉瑞　刘　伟

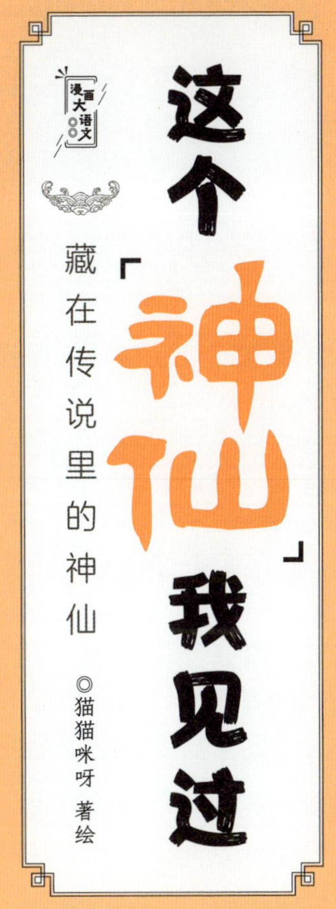
漫画大语文
这个「神仙」我见过
藏在传说里的神仙
◎猫猫咪呀 著绘

電子工業出版社
Publishing House of Electronics Industry
北京·BEIJING

图书在版编目（CIP）数据

这个神仙我见过. 藏在传说里的神仙 / 猫猫咪呀著、绘. -- 北京 : 电子工业出版社, 2024.3
（漫画大语文）
ISBN 978-7-121-47457-6

Ⅰ. ①这… Ⅱ. ①猫… Ⅲ. ①神话－作品集－中国 Ⅳ. ①I277.5

中国国家版本馆CIP数据核字(2024)第051777号

责任编辑：王佳宇
印　　刷：中煤（北京）印务有限公司
装　　订：中煤（北京）印务有限公司
出版发行：电子工业出版社
　　　　　北京市海淀区万寿路173信箱　邮编：100036
开　　本：787×1092　1/12　印张：20　字数：138千字
版　　次：2024年3月第1版
印　　次：2024年3月第1次印刷
定　　价：159.00元（全5册）

凡所购买电子工业出版社图书有缺损问题，请向购买书店调换。若书店售缺，请与本社发行部联系，联系及邮购电话：（010）88254888，88258888。

质量投诉请发邮件至zlts@phei.com.cn，盗版侵权举报请发邮件至dbqq@phei.com.cn。

本书咨询联系方式：电话（010）88254147；邮箱wangjy@phei.com.cn。

序言

哪吒闹海、女娲造人、二郎神大战孙悟空……这些故事曾是中国的孩子们的集体记忆，在姥姥生动的讲述中，在课堂外的连环画中，在吃饭时看到的电视剧中被一遍又一遍地演绎着。

神话传说和童话故事一样，对于孩子们来说，它是一种美好而神奇的存在。神话传说中那些性格各异、法力无边的神仙们，极大地满足了孩子们的好奇心。

有的神仙可以将一块石头变成金子，有的神仙可以看到千里之外的风景，有的神仙挥动金箍棒，将天宫、地府搅了个天翻地覆……

于是，在孩子们的眼中，世界也因此变了模样。

看到东海，他会想象海中有座金碧辉煌的水晶宫，那里住着一位脾气还不错，能呼风唤雨的老龙王。

看到天上的银河，他会数数日子，想着是不是七夕节快要到了？牛郎和织女还在思念着对方吗？

看到元宵节的花灯，他会想起村民们瞒着玉皇大帝假装放火的故事，不禁会心一笑。

神奇的故事丰富着孩子们的心灵，充实着孩子们的生活。怎样才能让这些神奇的故事在今天延续？怎样才能让那些被智能产品包围的孩子们认识到呢？

我们诞生了一个想法，也由此创作了这套《这个神仙我见过》，力图用色彩清新的绘画和生动有趣的文字，为孩子们打开神话世界的大门，让他们了解中国的充满神秘感的诸神故事。

传说是一种古老的，但却一直活跃至今的民间文学体裁。女娲造人、八仙过海的故事，本身就是中国传统文化的一部分，解释了许多民俗和地方风土人情，具有重要的历史意义。

相比西方的神话故事，东方神话往往更接近中国孩子们的生活。这套书从孩子感兴趣且常见的东方神仙角色出发，讲述了一个个发生在这些神仙身上奇妙而有趣的神话故事，将其蕴含的意义以手绘漫画的形式呈现给读者。

借由阅读的形式，可以体会到传统文化中蕴含的想象之美、人情之美，以及意境之美。

这套书分为传说、节日、月亮、书本、我家五个不同的主题，收录了从天上到地下，从身处遥远地方到孩子们身边的两百多位神仙。

读过女娲的故事，孩子们会了解到，身为开天辟地时期的诸神之一，女娲是怎样创造出人的，又是如何用五色石补天的。

看完龙王的介绍，孩子们会懂得水族的领导者——龙王在整个神话体系中占据着的位置，以及我们为何被称为“龙的传人”。

神话故事思维与儿童思维之间有着极为相似的特性，也因此更能引起孩子们的共鸣。开发出神话对于儿童教育的积极作用，在激发儿童阅读兴趣的同时培养他们的良好品德，这正是我们创作这套绘本的初衷。

目录

藏在传说里的神仙

八仙

女娲

千里眼和顺风耳

“仙姑，仙姑，你别去，你瞧海面上惊涛骇浪，就连船只也过不去！”
“别担心，我自有办法。”

八仙

八仙是谁

八仙指中国民间传说中的道教的八位神仙，起初说法不一，一直到明代，吴元泰写出了著名的神怪小说《东游记》，这部小说讲述了八位神仙修炼得道的故事，随着这部小说的流行，八仙的说法才固定下来。

神仙档案

八仙之首，普度众生

本名：李玄

别名：铁拐李、李铁拐

法器：铁拐、药葫芦

神仙档案

扶危济困，道教宗师

本名：吕岩

别名：吕洞宾、吕祖

法器：宝剑、萧管

神仙档案

道教主流，全真祖师

本名：钟离权

别名：汉钟离、正阳祖师

法器：芭蕉扇、拂尘

神仙档案

倒骑毛驴，云游四方

本名：张果

别名：张果老

法器：渔鼓、纸驴

神仙档案

破衫赤足，唱于闹市

本名： 蓝采和

别名： 赤脚大仙

法器： 花篮、玉拍板

神仙档案

风度翩翩，善于吹箫

本名： 韩湘子

别名： 韩湘

法器： 紫金箫、花篮

神仙档案

解救苦难，心地善良

本名： 何仙姑、何秀姑、何琼

别名： 何仙姑、何慧娘

法器： 荷花、竹罩

神仙档案

散尽家财，一心向道

本名： 曹佾

别名： 曹国舅

法器： 玉版

八仙过海

一个神仙就够厉害的，八个凑在一起，那还得了？

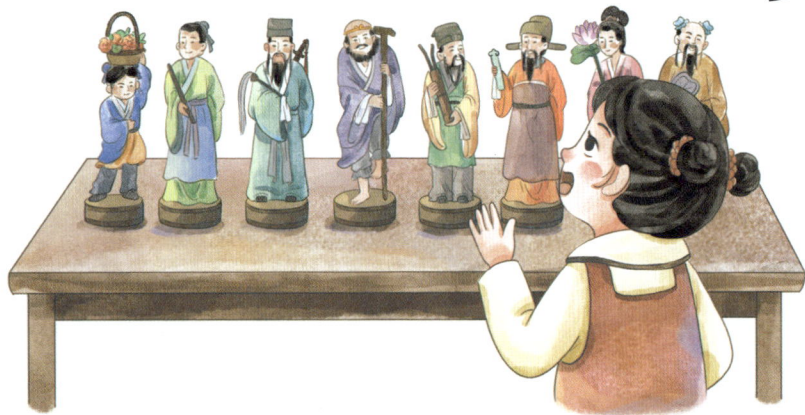

八仙神通广大，每一位神仙都有精彩绝伦的故事。提到八仙，流传最广的神话传说就是八仙过海了。

传说中的他们

八仙来到东海，只见海面上巨浪翻滚。神仙们好奇彼此的本领，便约定各显神通，各自将一样法宝扔到海面上，以此来渡海。

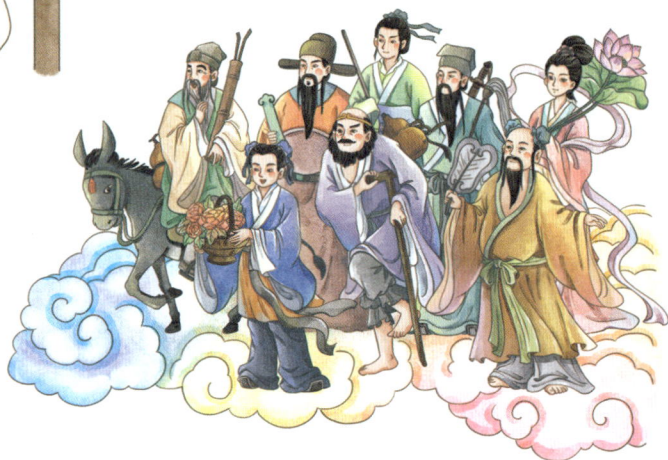

铁拐李将铁拐丢进水中，站在上面，乘风破浪而去。接着，大家纷纷将自己的一样法宝丢入水中：汉钟离的拂尘、张果老的纸驴、吕洞宾的箫管、韩湘子的花篮、何仙姑的竹罩、蓝采和的玉拍板、曹国舅的玉版。

八仙在海面上漂行，东海龙王发现海面一片白光，原来那是蓝采和的玉拍板。龙王派太子将玉拍板取回龙宫，蓝采和便跌入了水中。

其他神仙发现蓝采和不见了，知道是东海龙王在兴风作浪，便一起去龙宫寻找蓝采和。吕洞宾将火葫芦投入海中，随即变出了千百个葫芦，烧得海面一片火红，海水都沸腾了。

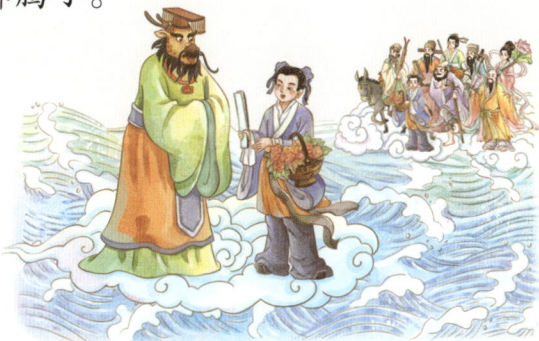

东海龙王听见吵闹声后，急忙询问发生了何事，得知事情的经过后，知道自己惹错了人，急忙放了蓝采和并将玉拍板还给了他。

与八仙有关的歇后语

八仙各具特色，他们的形象深入人心，因此民间流传着许多与他们有关的歇后语。

八仙过海——各显神通
狗咬吕洞宾——不识好人心
八仙过海不用船——自有法度（渡）
传说中的八仙——各有千秋
铁拐李背何仙姑——将就
铁拐李摆摊——蹩脚货
铁拐李的葫芦——不知卖的什么药
韩湘子拉着铁拐李——一个吹，一个捧
寿星卖了张果老——倚（以）老卖老

点石成金

神仙自幼就与众不同。在吕洞宾出生时异香满室，他样貌非凡，仙风道骨。有一次他遇到了汉钟离，受到点化，于是便归隐向道。

汉钟离的考验

汉钟离为了考验吕洞宾的心性，设置了“十试”来考验他，吕洞宾一一妥善应对，内心坚定，无所动摇。

第一试：全家暴毙，吕洞宾去买棺材，回来后却发现全家人又复活了，吕洞宾并不觉得奇怪。

第二试：吕洞宾卖东西，买家反悔只给了一半的钱，吕洞宾也不跟他争论。

第三试：吕洞宾向乞丐施舍财物，乞丐贪得无厌，吕洞宾毫无怒色。

第四试：吕洞宾放羊，遇到了一头饿虎，便用身体挡住羊群，老虎掉头离开。

第五试：吕洞宾在山中读书，一位妙龄女子百般引诱，吕洞宾不为所动。

第六试：吕洞宾的家财被盗，他不着急反而淡定地去锄地。他在锄地时挖出了许多金子，最后却将金子全都埋起来了。

第七试：吕洞宾去买铜器，回家后发现是更贵重的金器，便立刻将原物奉还。

第八试：一位道士在街边卖药，说吃了药后会立刻死去，来世可得道。只有吕洞宾敢买敢吃，吃了后他安然无恙。

第九试：一群人渡河，行至河水中央，突然水面波涛汹涌，众人都很害怕，只有吕洞宾端坐不动。

第十试：吕洞宾坐在屋内，突然出现无数个鬼魅，让他杀人偿命，吕洞宾举刀便要自刎。

正在这时，空中有人大吼一声，鬼魅消失不见了，汉钟离鼓掌大笑，得意现身，吕洞宾通过了他的十重考验。

点石成金

汉钟离十试吕洞宾，对吕洞宾十分满意，于是便要将黄白之术传授给他，这种法术能将丹药烧炼成金银，类似点石成金。吕洞宾问："铁变成黄金还会变回来吗？"汉钟离回答道："三千年后会的。"吕洞宾认为这会害了三千年后的人，便拒绝学习，汉钟离对他愈加赞赏。

道长爱作诗

吕洞宾生于唐朝末年，他不仅是著名的道士，还是有名的儒生。他曾经中过进士，当过地方官，有许多诗词歌赋流传于世。

1. 草铺横野六七里，笛弄晚风三四声。归来饱饭黄昏后，不脱蓑衣卧月明。

——《牧童》

2. 落日斜，秋风冷。今夜故人来不来，教人立尽梧桐影。

——《梧桐影·落日斜》

3. 曾经天上三千劫，又在人间五百年。腰下剑锋横紫电，炉中丹焰起苍烟。才骑白鹿过苍海，复跨青牛入洞天。小技等闲聊戏尔，无人知我是真仙。

——《仙乐侑席 》

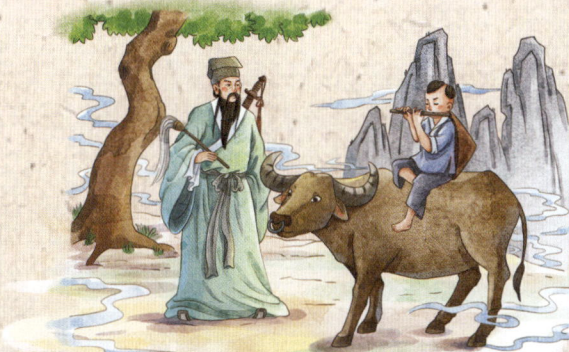

八仙是如何出名的

八仙的传说起源很早，在唐宋时期就已广为流传，但是并没有形成八仙群体的概念。直到明代吴元泰创作的神魔小说《东游记》问世并流行，上洞八仙的形象才逐渐固定下来。

明代畅销书

《东游记》又叫《上洞八仙传》《八仙出处东游记》，开篇说道：“八仙何处，演卷从头顾。”书中阐明了八仙的来历，描述了他们修炼得道的经过。《东游记》中除了八仙，还有太上老君、孙悟空这样的“特邀嘉宾”，《东游记》因此而更加畅销。

话说孙悟空……
孙悟空不是去西游吗？怎么走反了？

一个西一个东

《东游记》是明代著名的神魔小说，同一时期还有一部大名鼎鼎的《西游记》。这两部小说有什么关系？哪一本更胜一筹？

❶ 作者都姓吴

《西游记》的作者吴承恩从小就爱读神话故事，官场失意后闭门著书，终于写成了位列四大名著之一的《西游记》。《东游记》的作者是吴元泰，他是明代著名的通俗小说作家。

❷ 都是畅销书

《西游记》的流行，引发了神魔小说的风潮，当时的书商见这类题材的书有市场，便趁机推出了许多同类小说，《东游记》就是其中的一部衍生品。

❸ 《西游记》胜《东游记》

虽说这两部都是神魔小说的巅峰之作，但《西游记》还是略胜一筹，被列入了四大名著。

人物更鲜活：虔诚的唐僧，勇敢的孙悟空，憨厚的猪八戒，正直的沙僧……相比之下，《东游记》对八仙性格的刻画并不深刻，甚至有点儿略显枯燥和乏味。

内涵更深刻：结合当时的社会背景，《西游记》可以引发人们的深思。《东游记》就没有如此深刻的寓意了，它是流行的产物。

客气了，你们的故事也很精彩！
甘拜下风！

神仙故事多

神仙也是人，这句话套用在八仙身上非常合适，因为他们原本都是凡夫俗子，成仙前有一些怪癖，成仙后也有许多奇奇怪怪、令人不解的故事。

张果老为什么倒骑毛驴？

《东游记》中有这样一首诗，“举世多少人，无如这老汉。不是倒骑驴，万事回头看。”张果老倒骑毛驴可以看清身后发生的事情，提醒人们警惕来时路，养成随时回头看，反思过去的习惯。

谁是八仙之首？

神仙也是要论资排辈的，铁拐李是八仙中资历最老的神仙。他从小天资聪颖，被太上老君点化成仙。成仙后，他背着药葫芦，四处行医治病，深受百姓爱戴，被誉为“药王”。因此，铁拐李被看作八仙之首。

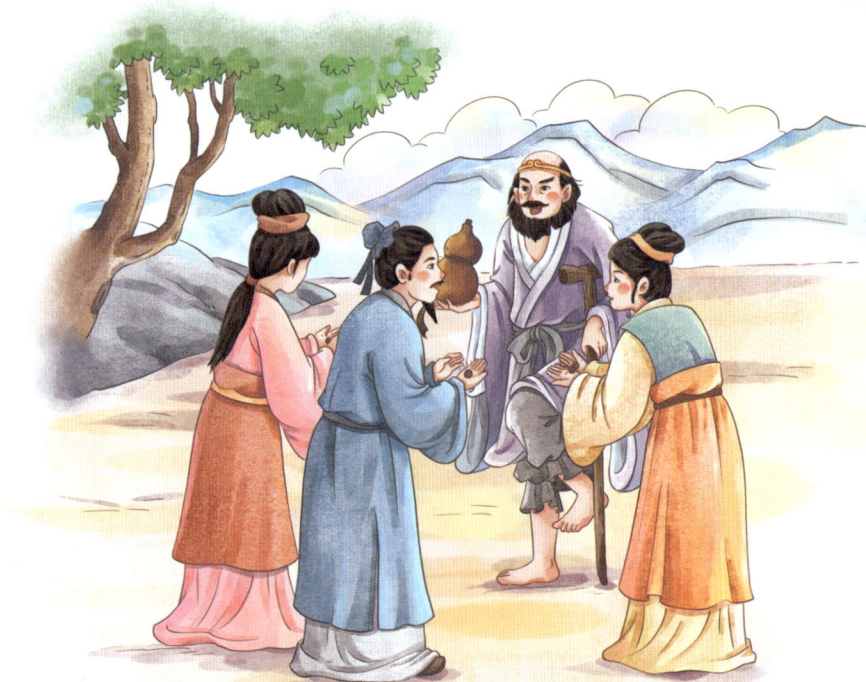

吃桃也能成仙？

何仙姑是八仙中唯一的女神仙。她大约生活在武则天所处的时代，从小聪明伶俐，十四五岁时，一位神仙在梦里传授她身轻如燕、长生不老之法，何仙姑照此方法实施后，果然感觉身轻如燕。后来她遇到了铁拐李和蓝采和，每天与他们谈仙论道，最终飞升成仙。还有一种说法是这样讲述的，何仙姑遇到了一位神仙，神仙给了她一个蟠桃，何仙姑吃了蟠桃后就成仙了。

神仙也有“黑历史”

曹国舅是八仙中唯一的皇亲国戚，是宋仁宗时期的国舅爷。传说他有个无恶不作的弟弟，抢夺他人田地、霸占别人妻子，而曹国舅一时糊涂，听之任之。幸好后来他幡然悔悟，与弟弟反目成仇，散尽家财周济贫苦百姓，隐匿于山间，最终得道成仙了。

关于蓬莱的传说

《山海经·海内北经》记载道：“蓬莱山在海中。”蓬莱是传说中的神仙居住的仙山，在茫茫的大海上。

相传在这里，八仙参加完王母娘娘的蟠桃大会，从东海返回的时候，吕洞宾提议各位神仙不搭船各自想办法渡海，于是便有了八仙过海，各显神通的故事。

奇妙的海市蜃楼

蓬莱仙岛真的存在吗？为什么人们寻遍大海，却都不见它的踪影呢？所谓的仙岛可能只是海市蜃楼。海市蜃楼是由于光的折射和全反射形成的自然现象。在海面、沙漠、雪原上，偶尔会看到亭台楼阁、树木森林等景观。

秦皇汉武求长生

大海汹涌而神秘，对古人来说它就是一个谜团。古代传说中海上有三座仙山：蓬莱、方丈、瀛洲。山上不止有神仙，还有长生不老的仙药。很多皇帝都曾派人去大海上寻访仙山与仙药，其中包括秦始皇、汉武帝。

秦始皇赐给徐福许多人马和资财，派他去蓬莱仙山寻延年益寿药，可惜徐福竟一去不复返。汉武帝有过之而无不及，他不仅派别人去找蓬莱仙山，甚至自己多次乘船出海寻访仙山，最后实在没找到，就在海边建了一座小城，给它起名叫蓬莱。

《长恨歌》中的蓬莱

蓬莱不仅出现在帝王的梦中，也常常出现在诗人的笔下。白居易在《长恨歌》中就曾写道："忽闻海上有仙山，山在虚无缥缈间。"这里的"仙山"指的就是蓬莱。

女娲

“女娲娘娘好厉害，
天上破了那么大一个窟窿，
她都给补好啦！”

女娲是谁

神仙档案

- **本名：** 女娲
- **别名：** 娲皇、女阴、灵娲、帝娲
- **时代：** 上古时代
- **成就：** 创物造人，补天救世
- **地位：** 创世神、大地之母

传说中的她

女娲是上古传说中的创世女神，她创造了万物，并仿照自己的样子用黄泥造出了人，被誉为“大地之母”。相传她人面蛇身，精通变化，甚至能在一天中变化七十次。

女娲所处的时代是母系社会，人们对女性十分尊崇。女娲不仅创造了人类，还建立了婚姻制度，让男女婚配繁衍，相传她是华夏族的母亲。“蛇”在远古图腾崇拜中象征着繁衍与生育，因此，女娲便被传为是人首蛇身的形象。

《伏羲女娲图》

相传，伏羲与女娲是兄妹，他们二人都是人首蛇身的形象。东汉王延寿在《鲁灵光殿赋》中记载道：“伏羲鳞身，女娲蛇躯。”从一些出土的文物中，我们可以看到古人想象的伏羲和女娲的形象。

上古神话中的神仙

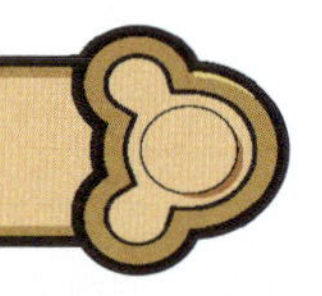

上古时代指夏朝以前的时期，那时还没有文字记载，但我们脚下的这片大地已经孕育出了早期的华夏文明。上古时代的传说中有许多神仙人物，他们开天辟地，创造万物。

盘古：开天辟地

很久以前，天和地还没有分开，宇宙混沌。盘古用斧头劈向四方，将身体撑在天地间，最终他化成了山川日月、森林草木。

伏羲：人文始祖

华胥氏在雷泽踩了一个巨大的脚印，于是便有了身孕，生下人面蛇身的儿子——伏羲。伏羲统一了华夏部落，发明创造了八卦、渔网、文字等，被誉为“人文始祖”。

女娲：创世女神

女娲不仅创造了人类，遇到自然灾害时，她也会挺身而出。她创造乐器，使人间常有音乐婉转；她化甘露为酒，使百姓解除劳顿。

夸父：追逐太阳

夸父与太阳赛跑，一直追到太阳落下的地方。他感到口渴，就到黄河、渭水去喝水，水被喝干了，夸父就去北方喝大湖的水，没赶到大湖，夸父就在半路渴死了。

燧人氏：钻木取火

燧人氏是三皇之首，被誉为“中华始祖”。传说他发明了钻木取火。从此，大家吃上了被烤熟的食物，结束了人类茹毛饮血的时代，开创了华夏文明。燧人氏因此被后世奉为“火祖”。

神农氏：尝百草、种五谷

神农氏指的就是炎黄子孙的祖先炎帝。炎帝尝百草，试药效，为百姓治病。他还发明了耕地的农具——耒耜，带领百姓种五谷，他被誉为“神农大帝”。

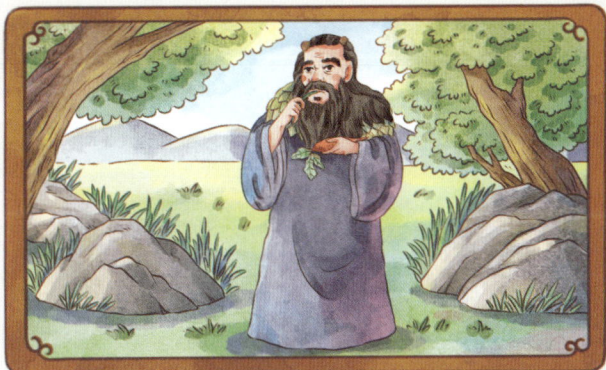

祝融：南方火神

祝融是五行神中的南方火神。相传他是炎帝的后裔，长着兽身人面，乘着两条巨龙。传说，祝融统治南方，是楚人的祖先，因此也被称作“南方神”“南海神”。

共工：洪水之神

共工是传说中的水神，是祝融的儿子。出于对洪水的未知与恐惧，远古时代的人们将共工想象成一个坏神仙。传说，他性情凶狠，常在心血来潮时呼风唤雨，导致洪水滔天，民不聊生。

女娲补天

古人崇拜天地，对天地的探索从未停止。天空是广袤无垠的，也是神秘莫测的，风霜雨雪也预示着重重危机。暴雨倾盆时，人们以为是天破了，幻想神仙能够把漏洞补上，拯救苍生，女娲补天的神话传说应运而生。

下雨只是一种
正常的自然现象。
雨这么大，天又
破了个大窟窿哟！

天破了

相传共工与颛顼（一说祝融）为了争夺帝位而交战，共工败给了颛顼。他在失败后怒不可遏，用头撞倒了天地的支柱不周山。于是，天向着西北方向倾斜，日月星辰都朝着西北方向移动；大地的东南角塌陷了，江河湖泊都向着东南方向流淌。

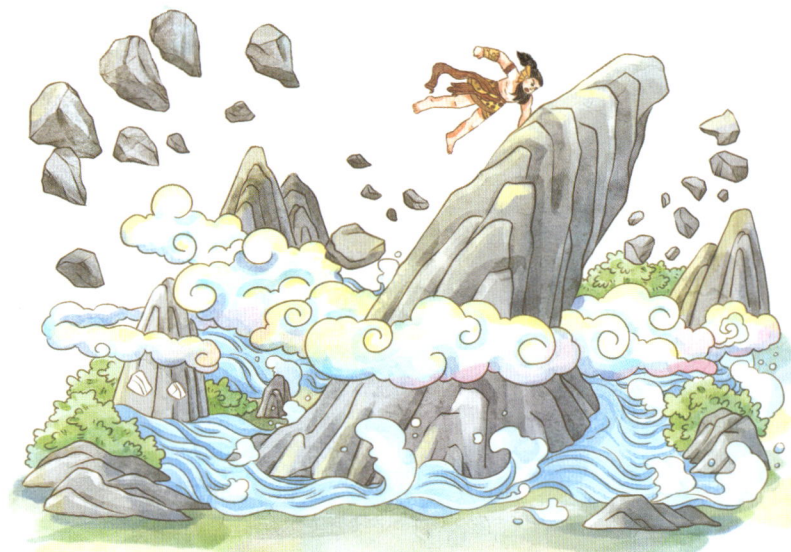

女娲炼石

共工撞倒不周山后，天上出现了一个大窟窿，洪水从窟窿中不停地灌下来，整个大地都要被洪水淹没了，这可怎么办？女娲无法忍受民不聊生，于是炼出五彩石，用它来补天。天上的窟窿补好了，洪水停止了。

撑天的大龟

天上的窟窿补好了，可是天塌地陷的问题还没解决呢！女娲又想了一个办法，她找来一只神鳌，用它的四条腿当柱子，撑在了天地间。从此，天地又重新归于平静。

关于雨花石的传说

女娲补天的五彩石到底长什么样呢？人们发现，有一种名叫雨花石的石头，也是五彩斑斓的，于是有人认为这就是女娲补天留下的石头。

雨花石是一种天然的化石，也叫雨花玛瑙，石头里有许多奇异的斑纹，五颜六色的，有些甚至呈现出山水树木、鸟兽人物等花纹，神韵天成。

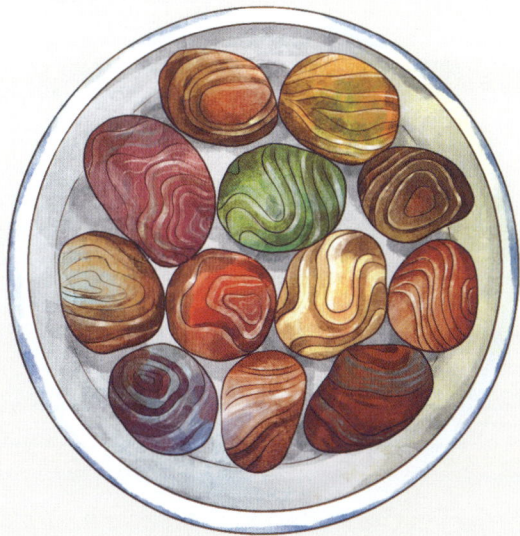

女娲造人

盘古开天辟地后，虽然有了天、地，但是世间没有生命，大地上空荡荡、静悄悄的。于是，女娲创造了万物，其中也包括人类，天地间从此出现了无数鲜活的生命，也充满了欢声笑语。

女娲造万物

相传，盘古开天辟地后，天地间有了日月星辰、山川草木，女娲仍觉得缺少一些东西，于是便创造了动物。正月初一造鸡，初二造狗，初三造猪，初四造羊，初五造牛，初六造马，这六种动物后来被称为“六畜”。

第七天

到了正月初七，女娲将绳子蘸满黄泥水，向空中一抽，无数泥点落到大地上，就变成了人。从此，大地上除了牲畜，也有了人类。

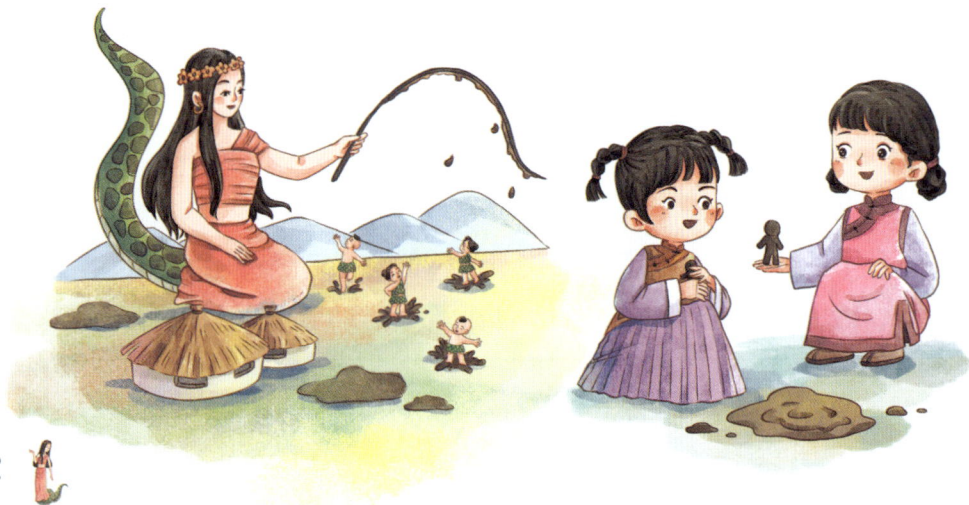

人日

由于女娲是在正月初七这一天创造人类的，因此，这一天也被称作人日，班固的《汉书·律历志·上》中说道："七者，天地四时，人之始也。"人日是一个传统节日，也叫"人节""人胜节""人庆节""人七日"等。

❶ 戴人胜

"人胜"是一种头饰，将彩纸、丝帛等剪成小人的形状，戴在头上装饰，也可以贴在屏风上。

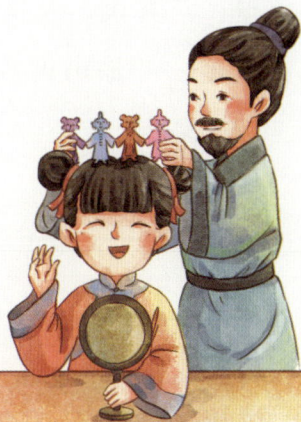

❷ 登高赋诗

人日恰逢春回大地，人们忍不住要出门郊游踏春，文人墨客更是喜爱登高望远，随性赋诗。高适曾在人日劝慰杜甫，赋诗写道："今年人日空相忆，明年人日知何处。"

❸ 吃七宝羹

在人日，人们还会将七种时令蔬菜做成七宝羹或七样羹。因为各地物产不同，所以食材略有差别，通常包含芹菜、青葱、大蒜、韭菜等，分别寓意勤劳、聪慧、精打细算、长长久久。

女娲真的存在吗

现实中，女娲不一定是人面蛇身的女神，女娲应该是有原型的，一些史料对此有记载。《世本·氏姓篇》中说道："女氏，天皇封娣娲于汝水之阳，后为天子，因称女皇。"《史记》也引用《世本》中的记载，说道："涂山氏名女娲。"因此，女娲应该是一个真实存在过的历史人物。

伏羲族女帝

"天皇封娣娲于汝水之阳"，这里的"天皇"指的是伏羲，可见女娲是伏羲族的女帝。女娲族的居住地域南达汝水沿岸，北抵太行山脉，如今的太行山也叫王母山、女娲山。

母系社会

在女娲和伏羲所处的时代，母系氏族在向父系氏族过渡。这时的华夏民族仍是按母亲的世系传承的，人们处于“只知其母，不知其父”的状态，我们从伏羲的身世就可见一斑，他的母亲华胥氏踩了仙人的脚印，因此怀孕生下了伏羲。所以我们只知道伏羲的母亲是华胥氏，而他的父亲却无从追溯。

母系氏族制社会
女子占主导地位
婚姻形式为群婚，
人们“只知其母，不知其父”。

父系氏族制社会
男子占主导地位
婚姻配偶相对固定，
人们“既知其母，又知其父”。

婚姻从此始

《绎史》卷三引《风俗通》中记载：“女娲祷神祠祈而为女媒，因置婚姻。”女娲创造人类后，想到人总有死去的一天，到时要怎么办呢？难道要再创造一批人类吗？那可太麻烦了！于是女娲请求上苍，让男女之间进行婚嫁，繁衍生息，于是便有了婚姻。因此，女娲也被视为“媒神”“婚姻之神”。

音乐女神

传说中，女娲发明了笙簧、瑟、埙等乐器。《世本·帝系篇》中记载：“女娲氏命令乐官娥陵氏制作一种都良管，以一天下之音。”《世本·作篇》中记载：“女娲作笙簧。”

半人半兽的神仙

女娲是有原型的，但她又超凡入神，因此人们把她想象成人面蛇身，同时赋予她人和神的外貌特点。上古神话中，像女娲这样半人半兽的神仙有很多。

伏羲

伏羲与女娲是兄妹，都是人面蛇身。《拾遗记》中说他“龟齿龙唇”。

东王公

东王公是道教中的东华帝君，阴阳中的阳神。《东荒经》中形容他“人形鸟面而虎尾”。

禺强

禺强也叫玄冥，是统治北海的水神。他是人面鸟身，两只耳朵上和两只脚上各自有一条蛇。

西王母

西王母是阴阳中的阴神，也就是鼎鼎有名的王母娘娘。她早期的形象是鸟羽状的头饰、老虎的牙齿、豹子的尾巴。

英招

英招是神话中为天帝看管花园的神，《山海经·西次三经》中记载："其状马身而人面，虎文而鸟翼。"

人对动物的崇拜

上古的神仙之所以呈现半人半兽的样貌，是因为那时的人们对动物的崇拜。原始社会的人类想维持生命就一定要捕杀猎物，迷信的人们为了避免动物灵魂的报复，便对动物进行膜拜以祈求宽恕。《礼记·礼运》中记载："麟、凤、龟、龙，谓之四灵。"古人将麒麟、凤凰、龟、龙视为四灵。四灵中除了龟有迹可循，其余三种都是想象中的神兽。

千里眼和顺风耳

“我也好想变成千里眼和顺风耳啊，
这样就能看到山那边的风景，听见海那边的声音啦！”

千里眼和顺风耳是谁

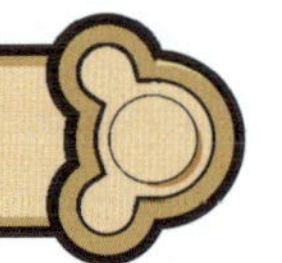

神仙档案

本名： 高觉

别名： 顺风耳

特技： 耳听八方

神仙档案

本名： 高明

别名： 千里眼

特技： 眼观千里

传说中的他们

在《西游记》中，孙悟空从一块石头里蹦了出来，震动了天庭，就连玉皇大帝都被惊动了。于是，玉皇大帝派千里眼与顺风耳前去察看，这才知道是石猴出世了。

在《封神演义》中，高明和高觉原本是山上的桃精和柳鬼，后来成了商纣王阵营的两员大将。他们一个是千里眼，一个是顺风耳，协助商纣王阵营与姜子牙阵营对战，最终死在了姜子牙的打神鞭下。

在《天妃显圣录》中，千里眼和顺风耳分别是西北方的金精、水精，金精有火眼，能看千里；水精听觉灵敏，能听千里。这两个妖怪经常在西北出没，为害四方。后来，妈祖出面收服了他们二人，千里眼和顺风耳成了妈祖的两位部将。

中国民间故事《水推长城》讲述了秦始皇与“十兄弟”的故事。秦始皇下令修长城，“十兄弟”与他斗智斗勇，最终用大水推倒了长城，秦始皇也被大水淹没。“十兄弟”中的大哥和二哥分别有千里眼和顺风耳的本领。

姜子牙遇上也头疼

姜子牙正与袁洪在孟津交战，千里眼和顺风耳揭下招贤榜，奉纣王之命前来，为袁洪助阵。姜子牙携哪吒、李靖、杨任、雷震子、杨戬、韦护轮番出战，却始终拿千里眼和顺风耳没办法。

有内奸？

姜子牙与杨戬在帐中商量好杀敌的计策，谁料千里眼与顺风耳却已知晓。姜子牙以为军营中有内奸，只好收兵回营，大发雷霆。

真相大白

杨戬的师父玉鼎真人出谋划策，让姜子牙去棋盘山把桃树和柳树挖尽，放火烧了妖根。杨戬让军士们挥舞红旗，敲响锣鼓。千里眼和顺风耳无计可施，最终被姜子牙制服。

神奇的“洒狗血”

民间认为狗血是辟恶破妖的法宝。姜子牙原本想用“洒狗血”的方式制服千里眼和顺风耳，将狗血、鸡血等污秽之物倒在他们身上，遮住他们体内的妖气。没想到这个计策被顺风耳偷听到了。

此外，“洒狗血”还是旧社会戏班子里的术语，指在舞台上用过火的表演讨好观众的一种行为。

顺风耳的手里拿的是什么？

在世界闻名的大足石刻石门山石窟中，有一尊玉皇大帝造像龛，造像龛正中端坐着玉皇大帝，两侧有两尊1.82米高的造像，就是千里眼和顺风耳。顺风耳手中拿着一件器物，有专家说是蛇，也有人称它是一种“听筒”。

人人都爱大眼睛和大耳朵

对眼睛和耳朵的崇拜

眼睛代表着太阳和光明。古人追逐太阳，崇尚光明，因此眼睛是他们心中崇拜的对象，寄托着人们对光明的追求，对生活的希冀。一切声音都要通过耳朵才能被听见，因此耳朵也是先民崇拜的对象。

一些出土文物上的耳朵和眼睛的图案，恰好印证了这一点。例如，三星堆出土的青铜纵目面具，他大大的眼睛和长长的耳朵就和千里眼、顺风耳一样。

大耳朵的老子

道家学派的创始人老子就拥有一对大耳朵。老子姓李，名叫李耳，字聃，“聃”也是耳朵的意思。老子骑着青牛四处云游，在函谷关写下了著名的《道德经》。老子被道家尊称为“太上老君”。

火眼金睛

《西游记》中，孙悟空大闹天宫后逃回花果山，后又被玉皇大帝派人捉回了天庭，捆在了斩妖台上，用刀砍，用斧剁，用火烧，用雷劈。可惜孙悟空是金刚不坏之身，这些刑罚连他的一根毫毛都伤不到。于是，太上老君建议将孙悟空丢进他的八卦炉中，七七四十九天过去了，孙悟空不但没有死，而且还拥有了火眼金睛。

为什么不是“逆风耳”？

风吹来时，迎着风的方向，我们能感觉到一种力量，古人发现了这一现象，便发明了风车，利用风力带动风车就可以引水浇灌土地。现在，人们也会用风车来发电。如果是逆风，恐怕就没办法借力了。

《劝学》中写道：“顺风而呼，声非加急也，而闻者彰。”意思是：顺风呼喊，声音并没有传得更快，但是听的人却能听得更加清楚了。

现实中的千里眼和顺风耳

神话中难免有夸张的成分，人的视力和听力再好，也很难做到眼观六路、耳听八方。不过，随着科技的发展，借助一些先进的设备或仪器，人类完全可以成为千里眼和顺风耳。

生活中的千里眼和顺风耳

眼镜：我可以帮助视力衰退的人看得更清楚。

助听器：我可以帮助听障人士听到声音。

电视：我有画面，有声音，可以让人们看到远方的景色，听到远方的声音。

广播：无线电波将你和我连在一起。

望远镜：我可以帮助人们看清千米之外。

雷达：我利用电磁波探测距离，不管你在哪里，我都能找到你。

互联网：我是信息的传递员，千里之外的消息瞬间近在咫尺。

视频通话：有了我，不在身边，也能面对面聊天哦！

自然界中的千里眼

老鹰：即使是在高空中翱翔，也能看清地上的猎物。

羊：眼睛长在头部两侧，瞳孔是长方形的。

屎壳郎：夜晚可以通过仰望星空来导航。

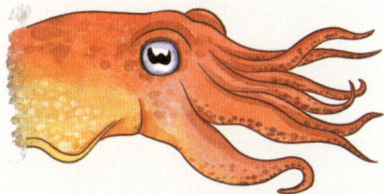

乌贼：眼睛的形状是“W”，眼内的特殊晶体可以矫正模糊图像。

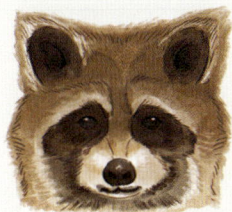

浣熊：眼睑上有一层反光膜，即使在夜里也能看得清晰。

变色龙：眼睛是凸出来的，两只眼球可以分开旋转。

自然界中的顺风耳

大象：大象能听到的频率范围为 1~20000Hz。

狗：狗能听到的频率范围为 15~50000Hz，远超人类。

耳廓狐：成年的耳廓狐的耳朵能长到 15 厘米，比它们的脸还长。

猫头鹰：转动头部可以判断出哪只耳朵先听到声音，从而确定猎物的位置。

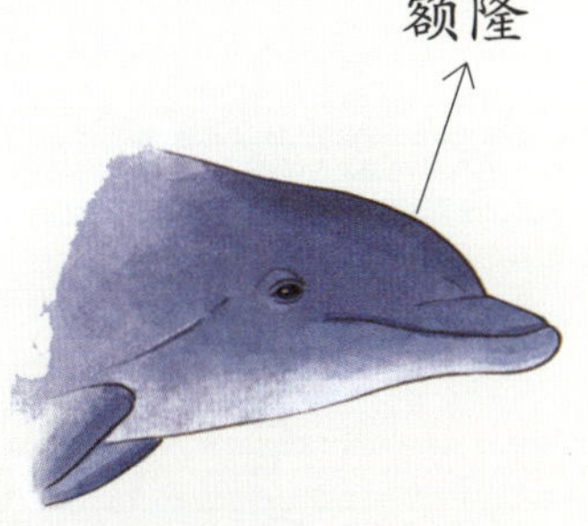

海豚：额头上的额隆具有回声定位功能。

妈祖的神仙助手

传说，妈祖是掌管海上航运的女神。妈祖的原名是林默，宋朝福建莆田人，28岁时因救助渔民不幸遇难。如今，每到妈祖诞辰，人们都会举行隆重的祭典。

收服二神

千里眼和顺风耳在海上兴风作浪，干扰过往船只。村民们不堪忍受，向妈祖求救。妈祖扮作民间女子等了10天，终于等到了他们。妈祖挥动手中的帕子，将天空遮住。妖怪们的兵器掉到了地上，怎么也拿不起来了，他们知道了妈祖的厉害，于是甘愿归降于她。

从巫女到海神

宋朝时，一位女子梦见观音赐药，后来生下了女儿林默。

林默从小聪明伶俐，五岁就会背《观音经》。

林默成了有名的巫女，人们在出海前都要找她占卜吉凶。

她被当地渔民称为“神女”“龙女”，经常在船只遇难时出海救人。

28 岁时，她在一次救援的过程中，不幸遇难了。

人们将她视为海上女神，尊称为“妈祖”。

“官方”守护神

林默在世时就已被神化，她 27 岁时，湄洲岛上已经修建了第一座妈祖庙。她去世后，影响日益扩大。

相传宋徽宗时期，妈祖施法平息风浪，救下一艘出使的航船。宋徽宗给妈祖赐庙额为“顺济”，从此，妈祖的地位得到了朝廷官方的认证。

妈祖与郑和的传说

传说郑和第一次下西洋，海面起了大风。郑和祈祷妈祖显灵相助。刚祷告完，妈祖就腾云而至。不一会儿，海上风平浪静。郑和将此事上报皇帝，朝廷给妈祖赐了封号，还修建了天妃宫。

相提并论的传说人物

千里眼与顺风耳形影不离，总是被人们同时提起。，传说中，像他们这样相提并论的人物还有很多。

梅山七怪

梅山七怪是《封神演义》中的七位妖怪，他们是由动物修炼成精的。

哪吒三兄弟

哪吒三兄弟也是《封神演义》中的人物，大哥金吒，二哥木吒，三弟哪吒。他们的父亲是陈塘关总兵李靖，也就是托塔李天王，母亲是殷夫人。其中哪吒最为有名，有三头八臂的本领，大闹东海后杀了龙王三太子，后来成了姜子牙的得力干将。

三茅真君

三茅真君指道教中的茅盈、茅固、茅衷三兄弟，他们是道教茅山派创教祖师。相传他们隐居在江南句容一带的山中，修建了三茅道观，后来人们就将此山称作“三茅山”，简称为“茅山”。

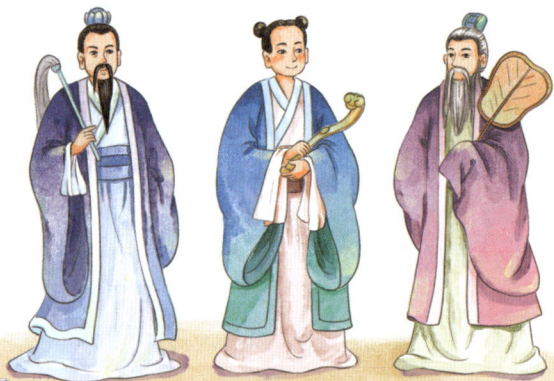

孙悟空与牛魔王

《西游记》中，孙悟空与六个妖王结为兄弟，这六个妖王分别是牛魔王、蛟魔王、鹏魔王、狮驼王、猕猴王、禺（yú）狨王，再加上美猴王孙悟空，刚好凑成了七兄弟。

四海龙王

四海龙王是掌管四方大海的神，包括：东海龙王敖广、南海龙王敖钦、西海龙王敖闰、北海龙王敖顺。传说他们能呼风唤雨，因此人们常常祭祀龙王，祈求风调雨顺。

炎黄二帝

炎帝和黄帝都是上古时期杰出的部落首领。炎帝神农氏亲尝百草发明了医药，制作出农具耒耜种五谷；黄帝轩辕氏统一了华夏部落，发明了舟车等。炎黄二帝是华夏民族共同的祖先，因此，我们常常自称是炎黄子孙。

本书编委会

执行主编：闫怡然

编　者：王玉玲　冯嘉瑞　刘　伟

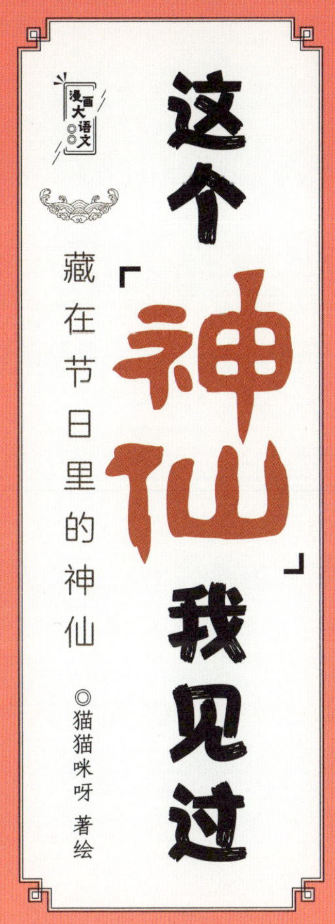
漫画大语文
这个「神仙」我见过
藏在节日里的神仙
◎猫猫咪呀 著绘

電子工業出版社
Publishing House of Electronics Industry
北京·BEIJING

图书在版编目（CIP）数据

这个神仙我见过. 藏在节日里的神仙 / 猫猫咪呀著、绘. -- 北京 : 电子工业出版社, 2024.3
（漫画大语文）
ISBN 978-7-121-47457-6

Ⅰ. ①这… Ⅱ. ①猫… Ⅲ. ①神话－作品集－中国 Ⅳ. ①I277.5

中国国家版本馆CIP数据核字(2024)第051776号

责任编辑：王佳宇
印　　刷：中煤（北京）印务有限公司
装　　订：中煤（北京）印务有限公司
出版发行：电子工业出版社
　　　　　北京市海淀区万寿路173信箱　邮编：100036
开　　本：787×1092　1/12　印张：20　字数：138千字
版　　次：2024年3月第1版
印　　次：2024年3月第1次印刷
定　　价：159.00元（全5册）

凡所购买电子工业出版社图书有缺损问题，请向购买书店调换。若书店售缺，请与本社发行部联系，联系及邮购电话：（010）88254888，88258888。

质量投诉请发邮件至zlts@phei.com.cn，盗版侵权举报请发邮件至dbqq@phei.com.cn。

本书咨询联系方式：电话（010）88254147；邮箱wangjy@phei.com.cn。

序言

哪吒闹海、女娲造人、二郎神大战孙悟空……这些故事曾是中国的孩子们的集体记忆，在姥姥生动的讲述中，在课堂外的连环画中，在吃饭时看到的电视剧中被一遍又一遍地演绎着。

神话传说和童话故事一样，对于孩子们来说，它是一种美好而神奇的存在。神话传说中那些性格各异、法力无边的神仙们，极大地满足了孩子们的好奇心。

有的神仙可以将一块石头变成金子，有的神仙可以看到千里之外的风景，有的神仙挥动金箍棒，将天宫、地府搅了个天翻地覆……

于是，在孩子们的眼中，世界也因此变了模样。

看到东海，他会想象海中有座金碧辉煌的水晶宫，那里住着一位脾气还不错，能呼风唤雨的老龙王。

看到天上的银河，他会数数日子，想着是不是七夕节快要到了？牛郎和织女还在思念着对方吗？

看到元宵节的花灯，他会想起村民们瞒着玉皇大帝假装放火的故事，不禁会心一笑。

神奇的故事丰富着孩子们的心灵，充实着孩子们的生活。怎样才能让这些神奇的故事在今天延续？怎样才能让那些被智能产品包围的孩子们认识到呢？

我们诞生了一个想法，也由此创作了这套《这个神仙我见过》，力图用色彩清新的绘画和生动有趣的文字，为孩子们打开神话世界的大门，让他们了解中国的充满神秘感的诸神故事。

传说是一种古老的，但却一直活跃至今的民间文学体裁。女娲造人、八仙过海的故事，本身就是中国传统文化的一部分，解释了许多民俗和地方风土人情，具有重要的历史意义。

相比西方的神话故事，东方神话往往更接近中国孩子们的生活。这套书从孩子感兴趣且常见的东方神仙角色出发，讲述了一个个发生在这些神仙身上奇妙而有趣的神话故事，将其蕴含的意义以手绘漫画的形式呈现给读者。

借由阅读的形式，可以体会到传统文化中蕴含的想象之美、人情之美，以及意境之美。

这套书分为传说、节日、月亮、书本、我家五个不同的主题，收录了从天上到地下，从身处遥远地方到孩子们身边的两百多位神仙。

读过女娲的故事，孩子们会了解到，身为开天辟地时期的诸神之一，女娲是怎样创造出人的，又是如何用五色石补天的。

看完龙王的介绍，孩子们会懂得水族的领导者——龙王在整个神话体系中占据着的位置，以及我们为何被称为“龙的传人”。

神话故事思维与儿童思维之间有着极为相似的特性，也因此更能引起孩子们的共鸣。开发出神话对于儿童教育的积极作用，在激发儿童阅读兴趣的同时培养他们的良好品德，这正是我们创作这套绘本的初衷。

目录

龙王

玉皇大帝

织女

藏在节日里的神仙

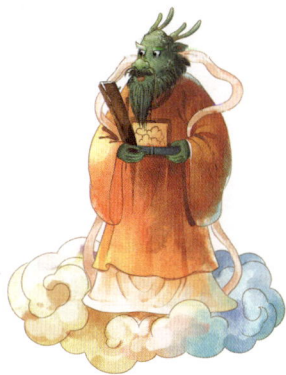

大街上好热闹啊！妈妈说今天是农历的二月初二，是一个叫作“龙抬头”的节日，所以叔叔阿姨们才会张灯结彩，挥舞着神龙和绣球，迎接这位威风凛凛的神仙。

龙王

神仙档案

本名：敖广

别名：龙王爷

神职：掌管水族，主宰雨水、雷鸣、洪灾、海潮、海啸等，庇佑众生

居住地：东海水晶宫

龙王是谁

龙是一种上古时代的神兽，龙族中最著名的神仙就是东海龙王。东海龙王统领着天下的水族和广阔的东海海域。风、云、雷、电四位仙友是他的好搭档，他们聚在一起就可以呼风唤雨、电闪雷鸣。除此之外，龙王还能帮助人们达成心愿，降福消灾，可以说是相当全能了。

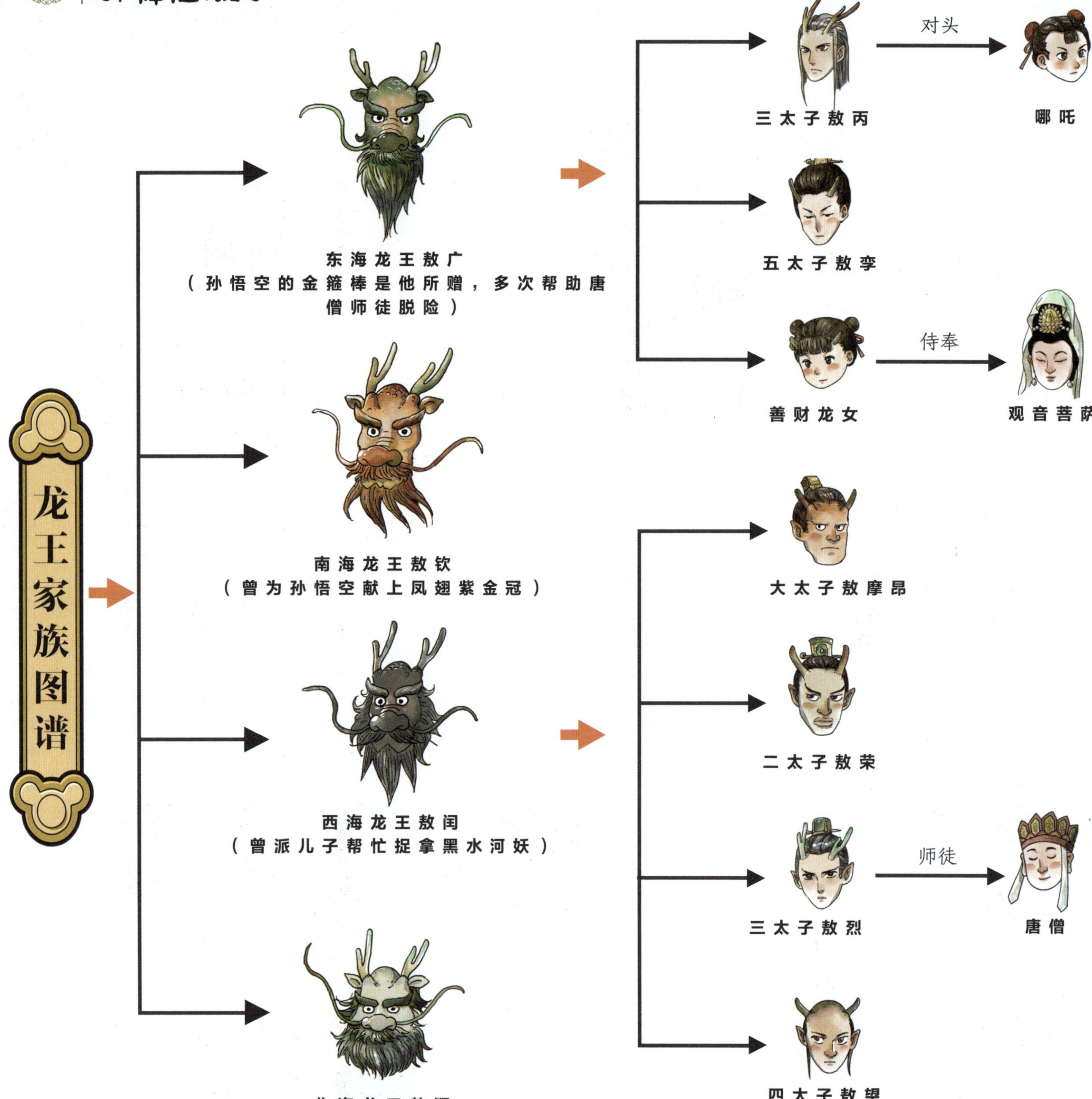

注：龙王的事迹均源自吴承恩的《西游记》。

龙生九子

龙王属于古代神话中四灵之一的龙族，俗话说龙生龙，凤生凤，但在神话传说中，龙的九个儿子无论是外貌还是性格都各有不同，有的温润如玉，有的却嗜杀成性。

老大囚牛

个性：热爱音乐，性情温顺

颜值：龙首蛇身

武力值：★☆☆☆☆

老二睚眦【yá zì】

个性：嗜杀喜斗，邪恶化身

颜值：龙首豺身

武力值：★★★★★

老三嘲风

个性：喜欢冒险和望远，常居殿角

颜值：形似山中走兽，首似龙，生龙角

武力值：★★★☆☆

老四蒲牢

个性：喜欢鸣叫，害怕鲸鱼

颜值：像龙但比龙小

武力值：★★☆☆☆

老五狻猊【suān ní】

个性：喜欢烟火，好坐，能食虎豹

颜值：形似狮子

武力值：★★★★☆

老六赑屃【bì xì】

个性：好负重，低调却有实力

颜值：形似乌龟

武力值：★★★★☆

老七狴犴【bì àn】

个性：明辨是非、急公好义

颜值：形似虎

武力值：★★★☆☆

老八负屃

个性：温文儒雅，喜欢碑文

颜值：形似龙

武力值：★☆☆☆☆

老九螭【chī】吻

个性：好望远，好吞，常立于屋脊

颜值：龙首鱼身

武力值：★★★☆☆

龙的原型

新石器时代的人们开始将龙的图案作为图腾进行崇拜。龙图腾以夏族图腾为主体，经过历代的演变，逐渐成为一种融合了多种动物特点的虚拟神的形象。

1987 年 5 月，在河南省濮阳市西水坡遗址人们发现了用蚌壳精心摆放的龙，距今大约有 6000 多年的历史。

龙：多种动物综合体

蛟：我可不是龙

蛟和龙同属于中国神话中的神兽，两者无论是形态还是神力都很相似，但却有着本质的区别。蛟拥有龙族的血脉，却还不是真龙，只有越过劫难，它才可以成为真正的龙，因此，可以说蛟是龙的一种预备形态。

蛟没有角，或者只有一个又短又直的角，没有分叉。
蛟的眼睛不像龙的那样突出。
蛟只有一对爪子，每只爪有四个脚趾，龙是五趾。
蛟的尾巴像蛇一样，有坚硬的肉刺；龙的尾巴有毛，似火焰。

九龙壁的传说

北京故宫的九龙壁可是我们的国宝，多少游客都曾感叹它的巧夺天工并赞不绝口，却很少有人发现这其中竟然还隐藏着一块“赝品”。

重新烧制一块不可以吗？
已经来不及了……

传说当年九龙壁烧制成功后，相当完美，但在安装时被一个小工匠捣碎了一块。琉璃瓦匠马德春灵机一动，用金丝楠木雕成龙，临时安装了上去。乾隆皇帝没有发现九龙壁有任何问题，于是重赏了马德春。直到 200 年后那块楠木渐渐褪色，人们才发现了这背后的秘密。

叶公好龙

春秋时期楚国叶县的县令叶公说自己最喜欢的就是龙，他不但在家中摆满了和龙有关的物品，就连自己的衣带上都绣着龙的图案。

龙听说叶公如此仰慕自己，于是亲自来到了叶公的家里，将头探进窗户张望着。叶公一见，吓得面如土色，转身就跑。龙看到叶公这副样子，心想：原来他并不是真的欣赏我啊。

“叶公好龙”后来演变为一个成语，用来形容嘴上说喜欢，实际上并不是真正热爱的虚伪行为。

龙的传人

龙的文化与中华民族一同孕育发展，最初它只是和农业生产有关，后来被人们赋予了越来越多的内涵，成为中华民族的图腾。我们中国人也常常自称为龙的传人。

中华民族的图腾

传说，黄帝在打败炎帝和蚩尤，统一中原之后，糅合了各氏族部落的图腾而形成了龙的形象，将其命名为“龙”，这象征着部落的统一（一说为伏羲氏创始）。后来龙逐渐成为中华民族的象征，在各个领域都有应用。

皇帝真的是龙变的吗?

真龙天子

帝王认为龙代表至高无上的权力，龙代表了皇帝的威仪。古代中国的皇帝为了稳固皇权，自称为真龙天子，意在将自己塑造成高于普通百姓的形象，自己代表着上天的旨意，令人崇敬。

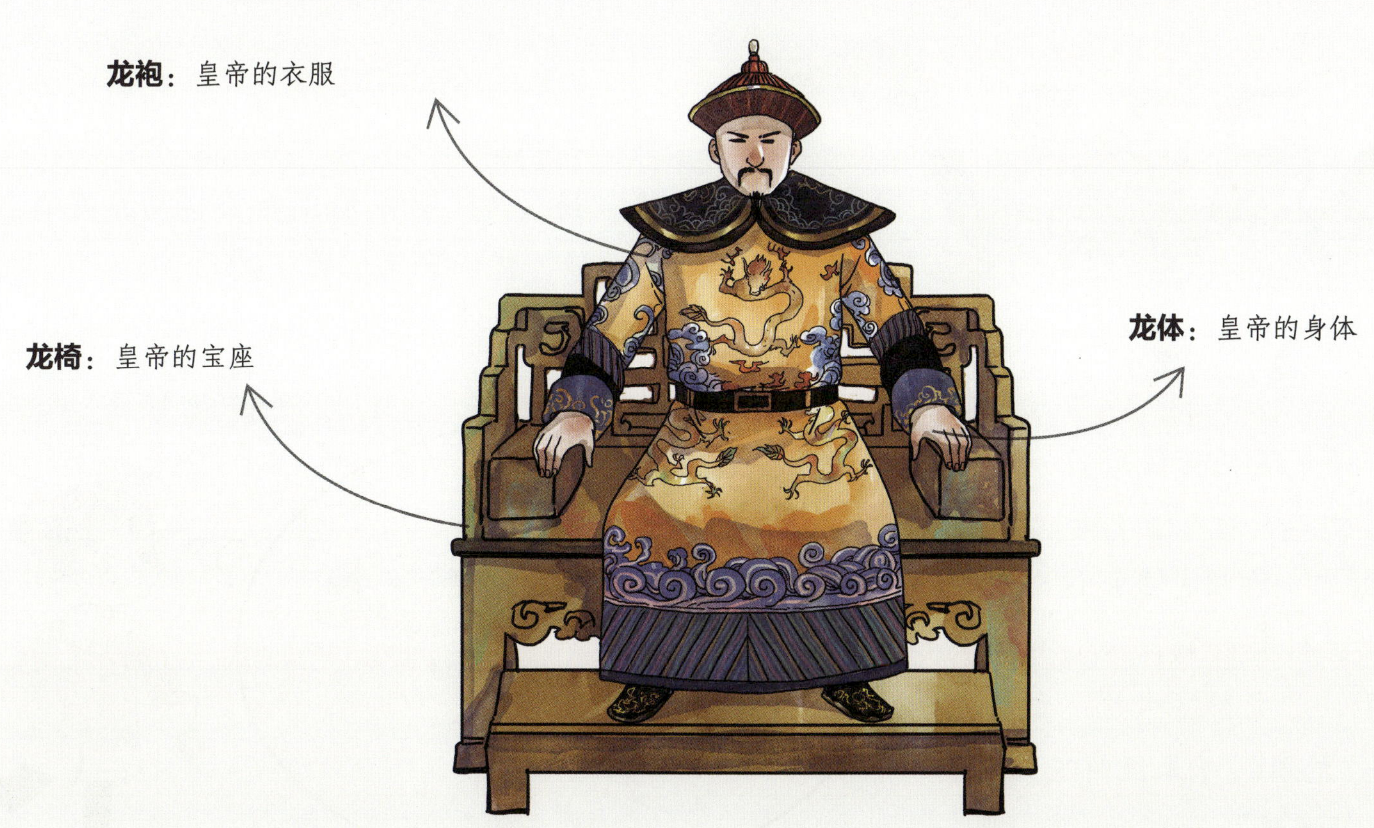
龙袍：皇帝的衣服
龙椅：皇帝的宝座
龙体：皇帝的身体

龙与我们

龙是中华民族精神文化的象征，渗透在我们生活的方方面面，很多民俗里都隐藏着龙的身影。

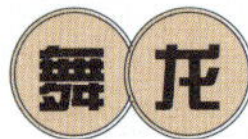

舞龙

又称为舞龙灯，在春节、元宵节、二月二、端午节等节日里，人们都可以看到精彩的舞龙表演。舞龙多为两人以上，舞动时龙要跟随绣球做出扭头、腾跳等各种动作姿势。

赛龙舟

从古至今，每逢端午节，我国南方许多地区都会组织赛龙舟比赛。江河两岸彩旗飘扬，数十只龙船上人头攒动，观众摇旗呐喊，充满了欢乐的气氛。

吃龙食

二月二是中国的传统节日，此时正是农历二月初二，在惊蛰前后，万物复苏之际,因此人们也格外重视这个节日。这一天的饮食很有讲究，人们把吃饺子叫吃“龙耳”，吃春饼叫吃“龙鳞”，吃面条叫吃“龙须”,吃米饭叫吃“龙子”,吃馄饨叫吃“龙眼”。

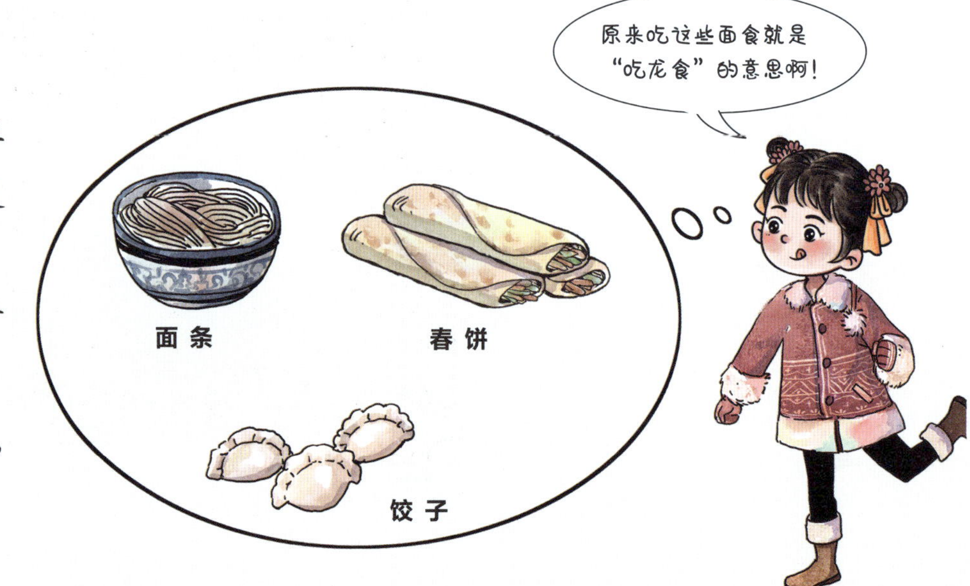

原来吃这些面食就是“吃龙食”的意思啊！
面条
春饼
饺子

龙凤呈祥

传说秦穆公的爱女弄玉与萧史因音乐相识相爱，最终结为夫妻，乘着龙凤离去，词牌名凤凰台上忆吹箫也由此而来。“龙凤呈祥”多用来形容吉利喜庆的事情。

凤与凰

凤凰是传说中的百鸟之王，雄的叫凤，雌的叫凰，和龙一样，都是祥瑞的化身。

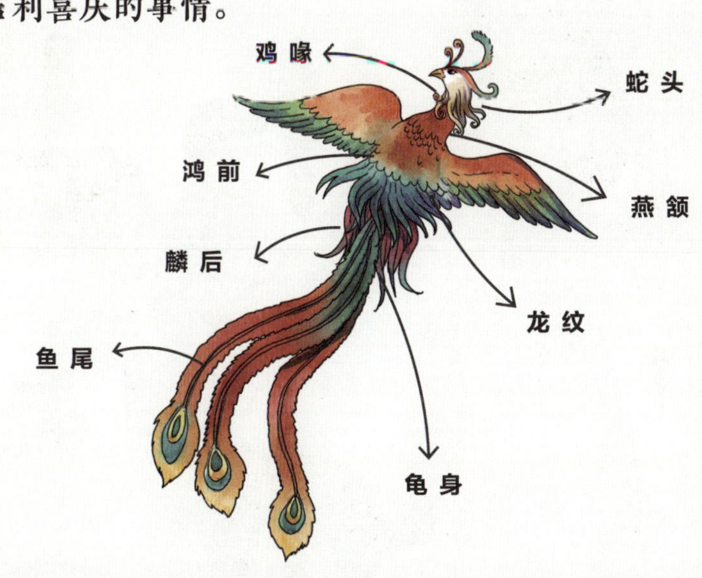

龙与十二生肖

十二生肖来源于远古社会的图腾崇拜，是与十二地支相配的十二种动物，包括鼠、牛、虎、兔、龙、蛇、马、羊、猴、鸡、狗、猪。龙在其中排行第五，同时，龙也是十二生肖中唯一一个虚构出来的动物形象，让人又敬又怕。

元宵节的夜晚可真漂亮！家家户户都燃起了花灯，街上灯火通明。卖汤圆的小摊香气扑鼻，夜空中还有好看的烟花。妈妈说之所以这么热闹，都是因为一个叫作玉皇大帝的神仙。

玉皇大帝
张记

玉皇大帝是谁

“玉皇大帝”在各种神话传说中频频出现，他的形象肃穆庄严，是传说中的众神的领袖，天界至高无上的统治者。他住在天上，上掌三十六天，下管七十二地，无论是神仙还是凡人，都在他的管辖范围之内。

神仙档案

全号：太上开天执符御历含真体道金阙云宫九穹御历万道无为大道明殿昊天金阙至尊玉皇赦罪大天尊玄穹高上帝

别名：玉帝、玉皇大帝等

神职：掌管天、地、人三界的一切事物

住所：太微玉清宫

传说中的他

关于玉皇大帝的出生，有很多传说，其中一个是说曾经有个叫作光严妙乐的国家，这个国家的国王叫净德，王后叫宝月光。光严妙乐虽然国泰民安，但国王膝下无子，他很担心将来没有人继承王位。于是，率领众臣日夜向上天祈祷。

一天晚上，王后梦到太上道君坐在龙椅上，抱着一个浑身发光的婴儿。王后下跪祈祷请太上道君将这个孩子赐给自己。

王后梦醒后而有孕，过了一年，王后果然生下了一个孩子，只要是看到这个孩子的人，都会不约而同地称赞这孩子实在是太漂亮了！这个孩子就是之后的玉皇大帝。

热闹的元宵节

早在2000多年前，元宵节就已经开始成为一个盛大的节日了。关于元宵节要点燃明灯的习俗，有人说是因为汉明帝笃信佛教，所以命令百姓在农历正月十五这一天燃灯敬佛，也有人说这些习俗和玉皇大帝有关。

玉皇大帝的惩罚

传说很久以前，玉皇大帝养了一只神鸟，误落在了一个小村子里。当时有很多猛兽害人，村里的猎人以为神鸟也是凶禽，就拿起弓箭将神鸟射杀了。

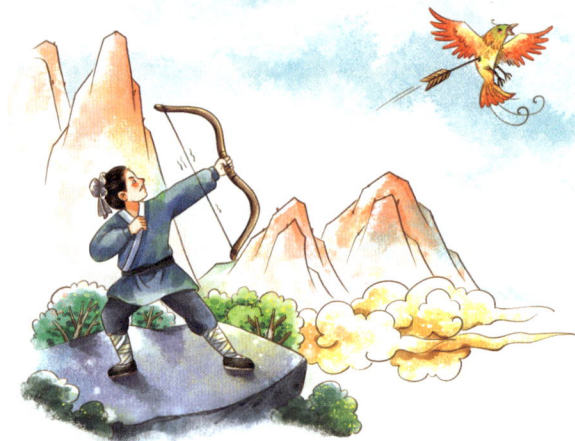

玉皇大帝知道之后怒火冲天，他命令天兵天将在农历正月十五这一天烧掉村庄。玉皇大帝的女儿知道后，偷偷下凡向村民们报信，让他们在正月十五那天点燃所有的灯笼，再燃起篝火和烟花。

正月十五这一天，玉皇大帝的天兵天将从天上远远望去，看到一片火光，他们以为村庄已经被烧毁了，村民们因此而逃过一劫。从此每年农历正月十五村民们都会放烟花、点灯笼，久而久之就形成了过元宵节的习俗。

人们爱过元宵节

在古代，元宵节是一个隆重的节日，从唐代开始，元宵节庆祝活动的持续时间从一天变成了三天。唐玄宗还专门让工匠们制作了五万盏灯笼，建起了有十几层楼高的灯楼，专供人们游乐赏玩。

元宵节要做什么？

舞龙灯：在中国，龙是吉祥的象征，所以逢年过节舞龙是人们喜闻乐见的节目。和春节舞龙不同的是，元宵节的龙灯中每一节都装着可以点燃的蜡烛，所以称之为龙灯。

吃元宵：糯米粉包上各种口味的馅料，煮熟后晶莹剔透，每颗都圆滚滚的，象征着幸福团圆。这种元宵节的美味根据制作方法的不同分为元宵和汤圆。元宵是用馅料放入糯米粉中摇制而成的，汤圆则是用糯米粉包出来的。

猜灯谜：宋代的人们将赏灯和猜谜结合，在灯笼上写上谜面，供路过的人猜谜。这样，花灯既有了观赏性又有了趣味性，所以这个习俗很受欢迎，一直流传至今。

闹花灯

元宵节又称为灯节。这一天，家家户户都要挂起灯笼，或是带着孩子提着灯笼游街观赏，尽情玩乐。

玉皇大帝升职记

玉皇大帝是怎样一步一步地成为神仙领袖的呢？有人说他原本是凡人，做了很多好事，所以能够统领群仙，也有人说他生来就是天帝的儿子，顺理成章继承了父亲的王位。

天庭的主人

玉皇大帝并不是天庭的第一任主人。传说盘古开天辟地之后，妖族的首领帝俊和太一在不周山顶建立了最初的天宫，帝俊成为首任天帝。太昊、昊天也都曾被称为天帝。传说，玉皇大帝早在混沌时期就已经存在。天地初开之后，他历经重重劫难，最终成了天庭的主人。

玉皇大帝经历了什么？

凭什么你这老儿当上了神仙的头儿？
我遭过的劫难比你吃过的盐还要多！

《西游记》中的玉皇大帝看起来似乎有些软弱，但实际上，玉皇大帝可不是一位简单的神仙。他从天地初开时就开始修炼，足足修炼了2亿多年。在这期间他受尽了各种磨难，包括刀切、水淹、火烧、土埋等。《西游记》中说他经历了1750劫，《历代神仙通鉴》中说他经历了3200劫，之后又经历了10万劫，才最终成为玉皇大帝。

玉皇大帝曾是山大王？

传说玉皇大帝原本姓张，孙悟空大战兕魔王时，提到自己曾被绑去见“玉皇张大帝”。关于玉皇大帝的本名的说法很多，其中一个说法是张百忍。据说，当时三界战争不断，太白金星下凡寻找能够主持天地间秩序的人，于是就找到了张百忍。

当时的张百忍只是一个寨主，但他能够将混乱的山寨治理得井井有条。太白金星认为可以让他尝试着掌管三界，张百忍果然不负太白金星的期待，让三界恢复了和平，因此被尊为玉皇大帝。

祝你生日快乐

按照古书上的年龄计算，玉皇大帝应该出生在三叠纪，也就是恐龙开始出现的年代。而他的出生日期据说是农历正月初九。传说每年此时，各路神仙都会齐聚天宫，为玉皇大帝贺寿。而人间的百姓也会准备一些供品，乞求上天赐福。

或谓神明果有降诞乎？以义起者也。盖推扩则可以通玉帝生于正月初九日者，阳数始于一而极于九，原始要终也。

——明 · 王逵《蠡海集》

玉皇大帝与王母娘娘

几乎所有和玉皇大帝有关的神话传说都绕不过另一位女神仙——王母娘娘，那两人究竟是什么关系呢？

是夫妻还是同事？

在很多神话传说中，玉皇大帝和王母娘娘是一对恩爱夫妻，他们共同掌管着天庭。但事实上，王母娘娘被称为西王母，她统领所有女仙，住在昆仑仙岛。王母娘娘的夫君是掌管着蓬莱仙岛的东王公，而不是玉皇大帝。玉皇大帝出现在古籍中的时间比西王母要晚，两人的工作内容也不同，所以两人既不是夫妻也不是同事。

这位可比我辈分高！
我也不知道为什么会有这个误会……
不要乱点鸳鸯谱啊，月老！

“恐怖”的西王母

据《山海经》记载，西王母最初的形象并不是温柔美丽的，而是长着豹子尾巴和老虎牙齿的半人半兽。她是一位喜欢嚎叫的彪悍死神。

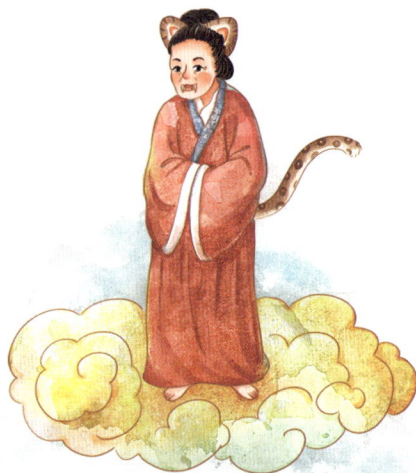

后来在先秦时代的一系列神话传说中，西王母的形象开始转变，她掌管着不死神药，还曾与周穆王相遇。到了唐代，西王母已经变成了女神仙谱中的首位。

王母娘娘的瑶池

“瑶池阿母绮窗开，黄竹歌声动地哀。八骏日行三万里，穆王何事不重来。”唐代诗人李商隐的《瑶池》说的就是王母娘娘居住的地方——昆仑山的瑶池。传说周穆王曾经乘坐可以日行三万里的骏马，和西王母在这里相聚。

现实中的昆仑山横跨新疆维吾尔自治区、西藏自治区，绵延至青海省境内，在神话传说中的昆仑山则更加神秘莫测。传说瑶池边生长着结有珍珠和美玉的仙树，后来逐渐成为仙境的代名词。

历劫的神仙

无论是凡人还是精怪，要想修炼成仙，就必须经历劫难。玉皇大帝如果想要成为神仙的领导者，就必须经历比普通神仙多得多的劫难。

呵呵呵呵呵～
想当年我还是太宗身边的宰相。
我家有棵人参果树～
俺老孙当年还是个小毛猴。
怎么？俺老猪不像天仙吗？
土地爷（鬼仙）
魏征（人仙）
镇元子（地仙）
孙悟空（弼马温时期）（神仙）
天蓬元帅（天仙）

神仙也要升级

神仙根据资质和经历分为天仙、神仙、地仙、人仙、鬼仙五种，从鬼仙到天仙，级别逐渐升高，寿命也逐渐增多。“历劫”这个词源自佛教，泛指经历各种各样的灾难。对于神仙来说，劫是上天对他们的一种考验，也是他们得以升级的机会。

千奇百怪的劫

土难： 被困在密闭的空间里

火难： 遭遇火烧或雷劈

金难： 金属兵器带来的伤害

水难： 被困在水里

木难： 被树木压住或者卡住

《西游记》中的渡劫排行榜

渡劫的神仙有千万个，如果把《西游记》中渡劫的神仙统计一下，你会发现没有一个神仙是能够随随便便就修成正果的。

No.1 太上老君

历劫次数：81 万次

成果：修成三清之一

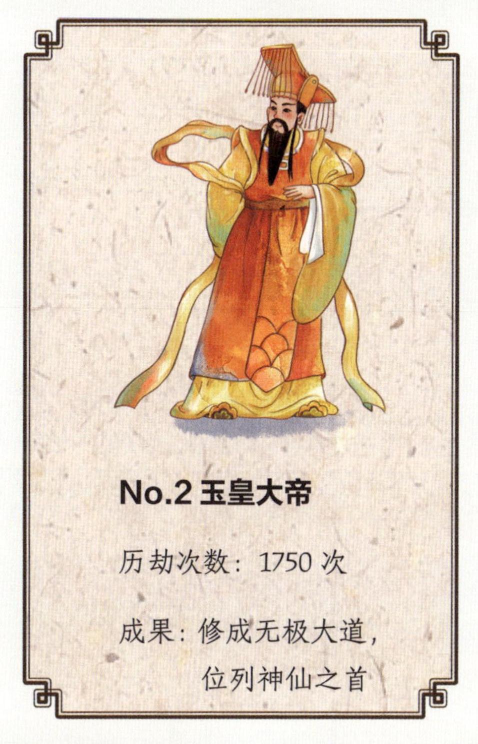

No.2 玉皇大帝

历劫次数：1750 次

成果：修成无极大道，位列神仙之首

No.3 唐僧

历劫次数：81 次

成果：修成旃檀功德佛

No.4 如来

历劫次数：8 次（传说）

成果：成佛

No.5 孙悟空

历劫次数：3 次

成果：修成斗战胜佛

玉皇大帝的家谱

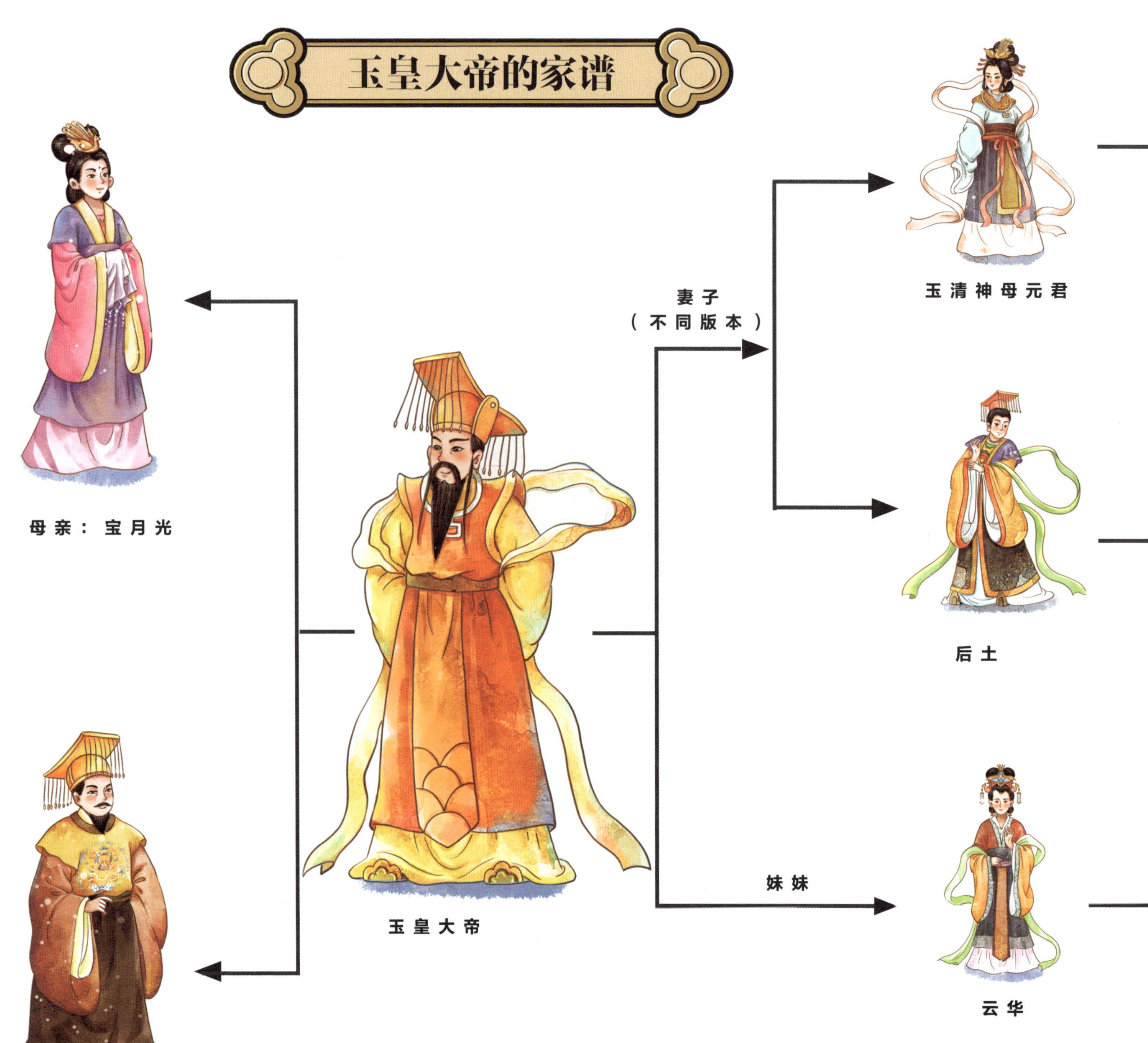
母亲：宝月光
父亲：净德国王
玉皇大帝
妻子
（不同版本）
玉清神母元君
后土
妹妹
云华

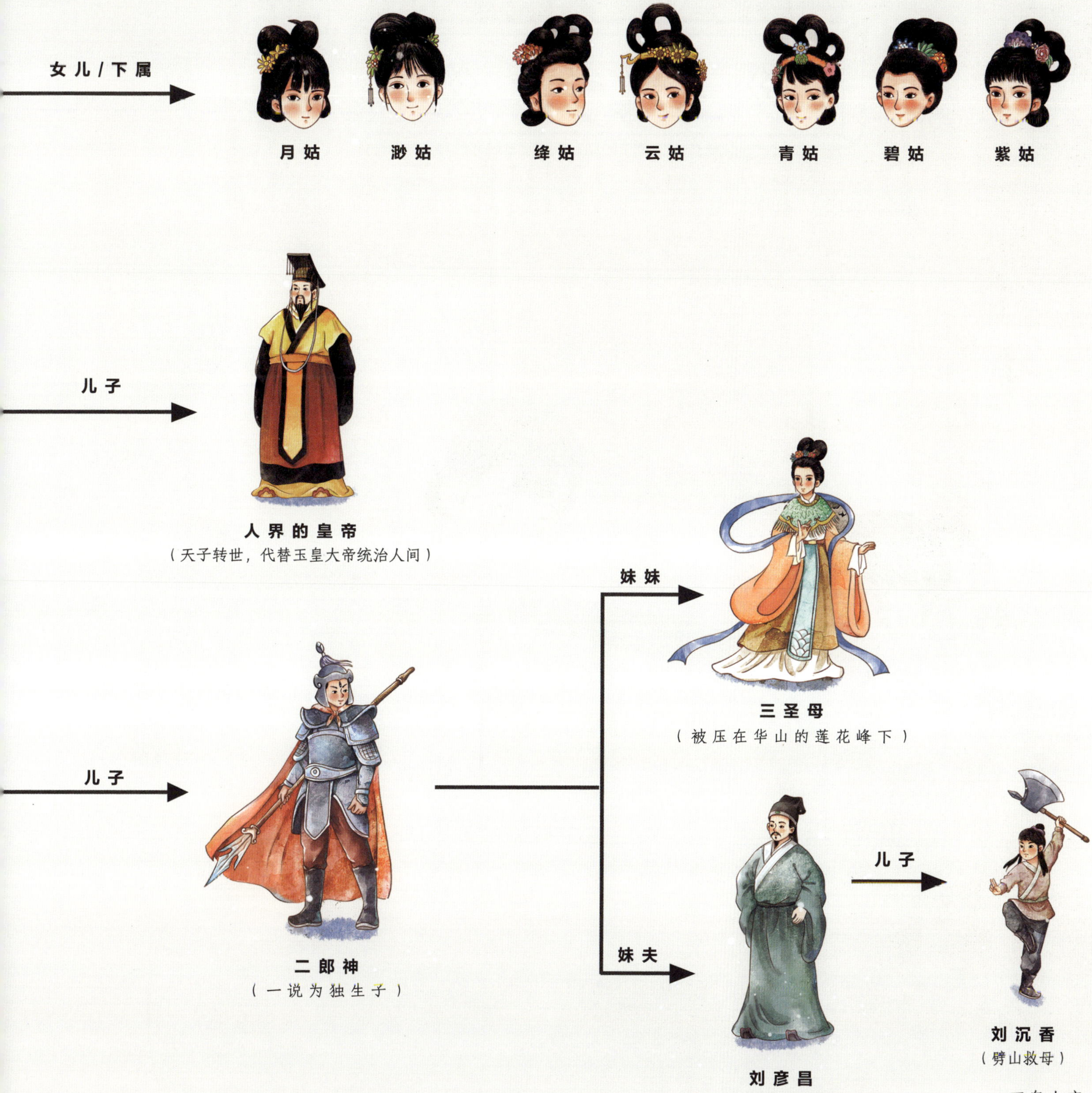

女儿/下属

月姑 渺姑 绛姑 云姑 青姑 碧姑 紫姑

儿子

人界的皇帝

（天子转世，代替玉皇大帝统治人间）

妹妹

三圣母

（被压在华山的莲花峰下）

儿子

二郎神

（一说为独生子）

妹夫

刘彦昌

儿子

刘沉香

（劈山救母）

织女

今天是农历的七月初七——七夕节，妈妈说今天是牛郎织女相会的日子，还说会有喜鹊为他们搭桥。可我不太明白，他们这么相爱，为什么要隔着银河，一年只见一次呢？

织女是谁

传说，美丽善良的织女是来自天上的一位女神仙。这位天帝的小孙女心灵手巧，擅长织布，十天就可以织出百匹绢布。她亲手缝制的“天衣”完美无瑕，看不出任何缝制的痕迹。所以她被称作织女，每天负责织出灿烂的朝霞和五彩的祥云。是不是很厉害呢？但这位织女并不快乐，因为她每时每刻都在思念着远方的亲人。

神仙档案

- **别名：** 东桥、天女等
- **神职：** 编织云雾，保护妇女、儿童
- **特技：** 编织云锦天衣
- **亲人：** 丈夫牛郎，祖父天帝，一双儿女

传说中的她

关于织女的传说，有很多个版本。其中一个是这样说的：牵牛和织女原本是天上情投意合的两位神仙，但天条是不允许他们在一起的。王母娘娘很生气，惩罚牵牛去人间受苦。

有一次，织女和几位姐姐一起下凡，到人间的一个清澈的湖里洗澡。而此时被贬下凡的牵牛就是人间的牛郎，和一头老牛相依为命，成了踏实种地的农民。沐浴之后的织女发现自己的衣服不见了，原来牛郎听了老牛的建议，把织女的衣服拿走了。

两人再度相遇，之后，就瞒着王母娘娘在人间做起了夫妻，还生了两个孩子。时间长了，两人的事情还是被天庭知道了，一怒之下，王母娘娘用金簪划出一道天河。她责令牛郎和织女二人分别守在天河两端，每年只有在农历的七月初七这一天才可以相见。

浪漫的七夕

农历七月初七是传说中织女与牛郎一年之中唯一得以相见的日子。这一天被称为七夕节，又被叫作女儿节，是我国自古就有的传统节日。那么七夕节通常都要做什么呢？

乞巧

古时候的女孩子都以心灵手巧为荣，乞巧就是乞求织女能够传授她们高超的刺绣技巧。除了直接向天上的织女星跪拜，对着月亮比赛穿针引线看谁最快之外，也可以在庭院里摆放一些瓜果，然后静静地等待，如果有小蜘蛛爬上去结网，就说明织女已经答应了你的请求。

投针验巧

除了乞巧之外，女孩子们还可以准备一个盛满了水的小盆，然后把绣花针轻轻地放到水面上。这项活动必须在七夕节的白天进行，因为要观察针在水底投出的影子。如果影子像花鸟鱼虫的形状，那就说明这个人手艺高超；如果什么都没有，就说明这个人不太擅长针线活。

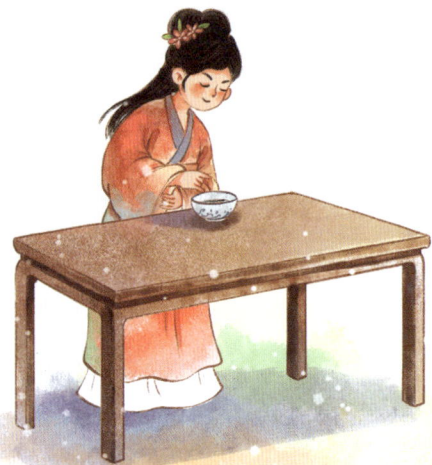

供奉磨喝乐

宋代流行用磨喝乐供奉牛郎织女，他的原型是佛祖释迦牟尼的儿子。七夕节当天，人们互相赠送磨喝乐，这也是为了乞求神明保佑家里能生下儿子。经过千百年的演变，磨喝乐慢慢变成了孩子手中的玩偶，也就是古代版的洋娃娃。

给牛过生日

牛在牛郎织女的传说中扮演了一个重要的角色。传说，在王母娘娘强行将牛郎、织女分开的时候，老牛专门交代牛郎，让他剥下自己的牛皮，坐着它去见织女。所以后世的人们为了纪念这头勇于牺牲的老牛，就在七夕节这天为牛过生日，在牛角上挂上鲜花。

吃巧果

巧果是用油面和蜜糖等做成的面点，早在宋代的时候，市面上就可以买到各式各样的油炸巧果了。有些巧果还被做成了和七夕传说相关的花样，十分精巧。

古代法定节假日

七夕节形成于战国时期，但它的流行还要归功于汉武帝。这位皇帝恰好是在农历七月初七出生的，当时民间还流传汉武帝和西王母在七夕这一天相会。汉代已有了七夕乞巧的习俗，到宋代，七夕成了法定节假日。从农历的七月初一到七月初七，百姓们都在过节哦！

生日这一天，适合放假，普天同庆！
谁敢不听皇帝的呢？

故事的源头

牛郎和织女的传说流传了几千年，这个故事最早从西周时期就开始流传，到了南朝，故事基本定型。牛郎的身份一变再变，从最初天上的星宿变成了人间勤恳耕地的农民。

《诗经》中的初登场

在牛郎和织女的传说还没有形成的时候，人们就已经注意到了银河两边这两颗璀璨的星星。《诗经》中说：“维天有汉，监亦有光。跂彼织女，终日七襄。虽则七襄，不成报章。睆彼牵牛，不以服箱。”说的就是牵牛星和织女星。虽然没有明确的故事脉络，但这首诗中却提到了几个关键词：牵牛、织女、织布、银河。这也是牛郎织女第一次携手出现在文学作品当中。

那时候我们还只是个孩子……
明明就是星星。

织女的“人设”

七月流火，九月授衣。——《诗经·豳风》
（七月要开始纺织，才赶得上九月给大家分发御寒的衣服。）

人们究竟是怎么从天上的星星联想出这么凄美的故事的呢？织女又是怎么从一颗星星变成了纺织女神仙的呢？有学者分析，织女星的闪耀代表着七月的到来，这个时候也是古代妇女们准备纺织的时候。久而久之，人们看到织女星就会想到纺织，于是给它安上了“织女”的身份。

诗人笔下的七夕

❶ 迢迢牵牛星，皎皎河汉女。纤纤擢素手，札札弄机杼。终日不成章，泣涕零如雨。河汉清且浅，相去复几许！盈盈一水间，脉脉不得语。

——《迢迢牵牛星》汉·佚名

❷ 银烛秋光冷画屏，轻罗小扇扑流萤。天阶夜色凉如水，卧看牵牛织女星。

——《秋夕》唐·杜牧

❸ 七夕今宵看碧霄，牵牛织女渡河桥。家家乞巧望秋月，穿尽红丝几万条。

——《乞巧》唐·林杰

❹ 纤云弄巧，飞星传恨，银汉迢迢暗度。金风玉露一相逢，便胜却人间无数。柔情似水，佳期如梦，忍顾鹊桥归路。两情若是久长时，又岂在朝朝暮暮。

——《鹊桥仙·纤云弄巧》宋·秦观

她们不一样

说到织女，人们总要想起另一个故事，那就是七仙女和董永的传说。《天仙配》中的七仙女是七位美丽的仙女，她们身上穿着由羽毛制成的衣服，其中最小的一位仙女与凡人董永成亲，成亲后男耕女织，十分幸福。

不同的结局

《西游记》中所说的七仙女包括红衣仙女、青衣仙女、素衣仙女、皂衣仙女、紫衣仙女、黄衣仙女、绿衣仙女。在南宋的《方舆胜览》中，讲述了七仙女中最小的仙女擅长织布，凡间男子董永卖身葬父，生活艰难。为了帮助董永，最小的仙女和他生活在了一起。

我一次都见不到啊！
一年中我只能和亲人见一次面！
七仙女（老幺）
织女

这个故事听起来是不是和牛郎织女的故事有些相似？所以很多人都认为，七仙女中最小的那位就是织女。但实际上，《天仙配》中的仙女和织女并不是同一个人。织女相传是王母娘娘的外孙女，而七仙女据说是王母娘娘的女儿。在《搜神记》中仙女是奉了天帝的指示，下凡来帮助董永的。而故事的最后，她也只能奉命回到天庭，就连和董永一年一度的相逢都无法实现。

撒谎的七仙女

《西游记》中有这样的片段，七仙女奉王母娘娘的命令，去蟠桃园摘仙桃，为蟠桃盛会做准备。当时的蟠桃园由孙悟空负责监管，他吃饱了之后就变作一个小人儿睡着了。

正在摘蟠桃的仙女无意间碰到了孙悟空所在的桃枝，惊醒了孙悟空。当孙悟空得知蟠桃大会居然没有邀请他这个齐天大圣后，怒不可遏，最终引出了后来他大闹天宫的一系列事情。

后来，当王母娘娘问七仙女为什么只摘了几篮桃子时，七仙女却说大圣将她们“行凶挖打”。这显然和事实不太相符，所以后世的人说七仙女撒了谎，倒也不算夸张。

忙碌的喜鹊

还记得牛郎和织女最后的结局吗？王母娘娘得知织女和牛郎相恋了，盛怒之下命令织女回到天上，每年只允许他们在农历七月初七这一天见上一面。但隔着浩瀚的天河，两人要见面也并不容易，幸好他们的爱情感动了喜鹊。相传每年七夕，都会有无数只喜鹊用身体搭成一座鹊桥，让牛郎和织女得以过桥相见。

喜鹊羽毛稀疏的真相

传说，喜鹊因为忙于搭鹊桥，所以在七夕这一天人们很少能看到它们的踪影。而且此时它们头顶的羽毛变得稀疏，这是被牛郎和织女踩踏导致的。虽然故事中喜鹊的奉献精神很感人，但事实上，每年的春末夏初之际正是喜鹊换毛的日子。这个时候的喜鹊会大量掉毛，并长出新的羽毛，所以会显得羽毛稀疏。换毛期的喜鹊身体虚弱，为了安全它们很少活动，这也造成了在每年的七夕节前后喜鹊不见了的假象。

轻点儿好吗？我们的毛都要没了！
别骗我，你明明正在换毛期！

吉祥的象征

自古以来，喜鹊在中国都是吉祥的象征。喜鹊在门口欢叫，寓意着喜事临门；画作中两只喜鹊面对面地站在树枝上，被称作喜相逢；就连喜鹊“吱吱喳喳”的叫声，都被理解为是喜事到家的谐音。

相传唐太宗时期，有个叫黎景逸的好心人经常喂食门前树上的喜鹊。当他被冤枉时，百口莫辩，进了监狱后只觉得绝望无比。直到有一天，他在监狱的小窗前发现有一只鸟儿一直叫个不停，这不就是他经常喂的那只小喜鹊吗？

三天之后，黎景逸被无罪释放，重新获得了自由。原因竟然是喜鹊变成了人，假传圣旨救了黎景逸。从此之后，喜鹊是报喜鸟的说法就流传得越来越广。

传说中的神鸟

除了喜鹊，中国古代神话中常常出现各种各样的鸟儿，它们身怀神力，是神话中不可缺少的角色。

美丽的银河

在北半球夏季晴朗的夜空里，人们可以看到一条横跨天际的乳白色亮带，这就是银河。人们在赞叹银河美丽的同时，也为它编织出了许多神奇的传说。

没有水的“河”

在传说中银河是王母娘娘用金簪划出的那道浩瀚天河。虽然它名为河，但实际上，银河并没有水，它是由无数颗和太阳一样的恒星组成的。

银河系中的地球

和整个银河系相比，我们人类生活着的地球渺小得就像一颗尘埃。在地球所在的太阳系中，只有太阳这一颗恒星，而在银河系中，大约有1000亿颗到4000亿颗恒星。

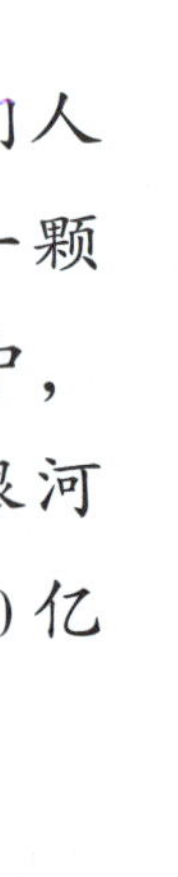

太阳系

太阳距离银河系的中心很远，即使是以光速行走，也需要走 2.6 万年。

你猜猜我在哪儿？
你夹在金星和火星中间，太阳系中，你是距离太阳第三远的行星！

见不到面的两颗星

很多人为牛郎和织女的结局感到遗憾，希望他们能够早日夫妻团聚。但从天文学的角度看，真正的牛郎星和织女星之间隔了 16.4 光年（以光速行走需要走 16.4 年），它们两个想见面，几乎是不可能的事情，人们的愿望也只能是一种美好的期待了。

此外，别看这两颗星星只是小小的光点，实际上它们都是比太阳还大的恒星，只是因为和地球距离遥远，所以看起来很小。

别难过了。
织女星
呜呜呜，娘子，我们见面是不是不可能了？
牵牛星

本书编委会

执行主编：闫怡然
编　者：王玉玲　冯嘉瑞　刘　伟

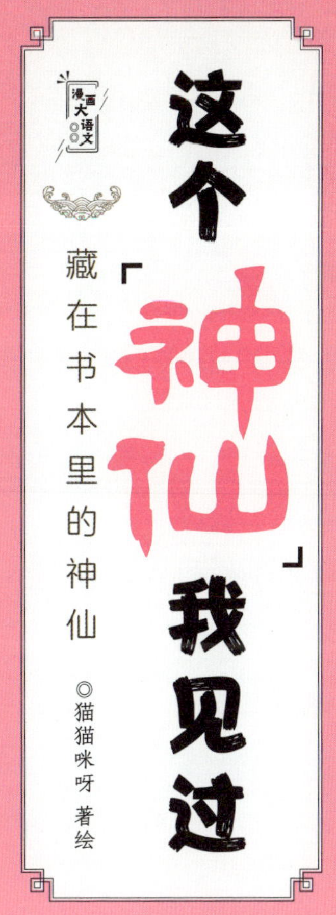

漫画大语文
这个「神仙」我见过
藏在书本里的神仙
◎猫猫咪呀 著绘

電子工業出版社
Publishing House of Electronics Industry
北京·BEIJING

图书在版编目（CIP）数据

这个神仙我见过. 藏在书本里的神仙 / 猫猫咪呀著、绘. -- 北京 : 电子工业出版社, 2024.3
（漫画大语文）
ISBN 978-7-121-47457-6

Ⅰ. ①这… Ⅱ. ①猫… Ⅲ. ①神话—作品集—中国 Ⅳ. ①I277.5

中国国家版本馆CIP数据核字(2024)第051779号

责任编辑：王佳宇
印　　刷：中煤（北京）印务有限公司
装　　订：中煤（北京）印务有限公司
出版发行：电子工业出版社
　　　　　北京市海淀区万寿路173信箱　邮编：100036
开　　本：787×1092　1/12　印张：20　字数：138千字
版　　次：2024年3月第1版
印　　次：2024年3月第1次印刷
定　　价：159.00元（全5册）

凡所购买电子工业出版社图书有缺损问题，请向购买书店调换。若书店售缺，请与本社发行部联系，联系及邮购电话：（010）88254888，88258888。

质量投诉请发邮件至zlts@phei.com.cn，盗版侵权举报请发邮件至dbqq@phei.com.cn。

本书咨询联系方式：电话（010）88254147；邮箱wangjy@phei.com.cn。

序言

哪吒闹海、女娲造人、二郎神大战孙悟空……这些故事曾是中国的孩子们的集体记忆，在姥姥生动的讲述中，在课堂外的连环画中，在吃饭时看到的电视剧中被一遍又一遍地演绎着。

神话传说和童话故事一样，对于孩子们来说，它是一种美好而神奇的存在。神话传说中那些性格各异、法力无边的神仙们，极大地满足了孩子们的好奇心。

有的神仙可以将一块石头变成金子，有的神仙可以看到千里之外的风景，有的神仙挥动金箍棒，将天宫、地府搅了个天翻地覆……

于是，在孩子们的眼中，世界也因此变了模样。

看到东海，他会想象海中有座金碧辉煌的水晶宫，那里住着一位脾气还不错，能呼风唤雨的老龙王。

看到天上的银河，他会数数日子，想着是不是七夕节快要到了？牛郎和织女还在思念着对方吗？

看到元宵节的花灯，他会想起村民们瞒着玉皇大帝假装放火的故事，不禁会心一笑。

神奇的故事丰富着孩子们的心灵，充实着孩子们的生活。怎样才能让这些神奇的故事在今天延续？怎样才能让那些被智能产品包围的孩子们认识到呢？

我们诞生了一个想法，也由此创作了这套《这个神仙我见过》，力图用色彩清新的绘画和生动有趣的文字，为孩子们打开神话世界的大门，让他们了解中国的充满神秘感的诸神故事。

传说是一种古老的，但却一直活跃至今的民间文学体裁。女娲造人、八仙过海的故事，本身就是中国传统文化的一部分，解释了许多民俗和地方风土人情，具有重要的历史意义。

相比西方的神话故事，东方神话往往更接近中国孩子们的生活。这套书从孩子感兴趣且常见的东方神仙角色出发，讲述了一个个发生在这些神仙身上奇妙而有趣的神话故事，将其蕴含的意义以手绘漫画的形式呈现给读者。

借由阅读的形式，可以体会到传统文化中蕴含的想象之美、人情之美，以及意境之美。

这套书分为传说、节日、月亮、书本、我家五个不同的主题，收录了从天上到地下，从身处遥远地方到孩子们身边的两百多位神仙。

读过女娲的故事，孩子们会了解到，身为开天辟地时期的诸神之一，女娲是怎样创造出人的，又是如何用五色石补天的。

看完龙王的介绍，孩子们会懂得水族的领导者——龙王在整个神话体系中占据着的位置，以及我们为何被称为“龙的传人”。

神话故事思维与儿童思维之间有着极为相似的特性，也因此更能引起孩子们的共鸣。开发出神话对于儿童教育的积极作用，在激发儿童阅读兴趣的同时培养他们的良好品德，这正是我们创作这套绘本的初衷。

目录

藏在书本里的神仙

二郎神

哪吒

孙悟空

二郎神

快看！这里有条狗，正对着天空长吠。
这条狗好威风啊！
不过你怎么独自在这里呢？你的主人呢？

二郎神是谁

二郎神又叫“灌口神”，居住在灌江口，传说他治水有功，是历史上有名的水神。二郎神比正常人多出一只“天眼”，天眼在他的额头中间，他共有三只眼睛，一条哮天犬时刻跟在他身边。他在《西游记》里大战齐天大圣孙悟空，在《封神演义》里协助武王伐纣，关于他的故事多得数不清。

神仙档案

- **本名：**二郎神
- **别名：**灌口神、灌口二郎、清源妙道真君
- **兵器：**三尖两刃刀
- **法术：**天眼、八九玄功、法天象地
- **成就：**治水、斩蛟、擒龙、担山赶日

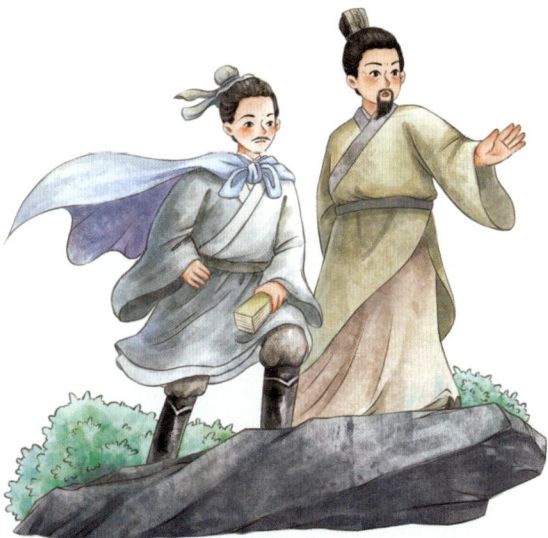

传说中的他

二郎神是镇水之神，尊号为“清源妙道真君”。关于二郎神的身份有好几种说法，他到底姓什么？原型又是谁呢？

治水有功：李二郎

战国时期秦国蜀地常有水患，秦昭王任命著名的水利专家李冰担任蜀郡守。李冰和儿子李二郎共同治水，率领民众修建了千古工程都江堰。相传李二郎就是二郎神，百姓在灌口修建了二郎庙来纪念他治水的功绩。

道教正统：赵昱

隋朝末年有个在青城山修道的道士赵昱，后来他当上了四川嘉州太守。当地有老蛟兴风作浪，赵昱便拿着刀潜入水中杀了蛟龙，为民除害。之后他再度隐居，只在有水患的时候才骑着白马出现。唐太宗将他封为“神勇大将军”，宋真宗又追尊他为“清源妙道真君”。

广为流传：杨戬

玉皇大帝的三女儿（三公主）张三姐私自下凡，与杨天佑结婚，生下一个儿子名叫杨戬。玉帝一怒之下将三公主压在桃山下，杨戬劈开桃山救出了自己的母亲。这种说法与《封神演义》中的杨戬的故事吻合，在民间广为流传。

随着时间的流逝，关于二郎神的来历的几种说法逐渐融合，也有人说这是二郎神三次投胎人间的经历。

天眼

有三只眼是二郎神最显著的特征。“天眼”又叫“天目”，蕴藏着无穷的力量。它和照妖镜一样，能看透事物的真相，类似孙悟空的“火眼金睛”。二郎神的“天眼”还可以当武器，射出的金光能开山劈石。

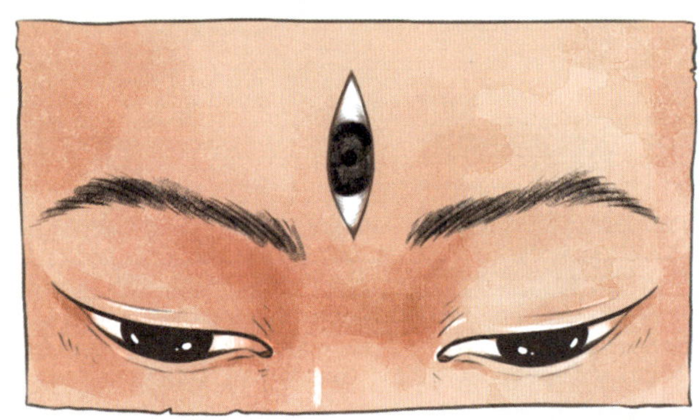

天眼的真相

人的额头上真的能长出第三只眼睛吗？相传我国西北部的民族氐（dī）族有“黥额为天”的习俗，用刀在额头上刻痕，然后在伤口上涂墨，形成永久的痕迹，就像一只竖着的眼睛，有点类似刺青。

战胜孙悟空的秘诀

孙悟空大闹天宫，天上的神仙轮番上阵都降服不了他。二郎神和孙悟空大战三百回合，孙悟空使出了七十二变，二人依旧分不出高下。太上老君从空中丢出金刚琢砸中了孙悟空的脑袋，趁孙悟空摔倒，哮天犬一口咬住了他的腿，一群神仙靠偷袭擒住了孙悟空。

他们也有“天眼”

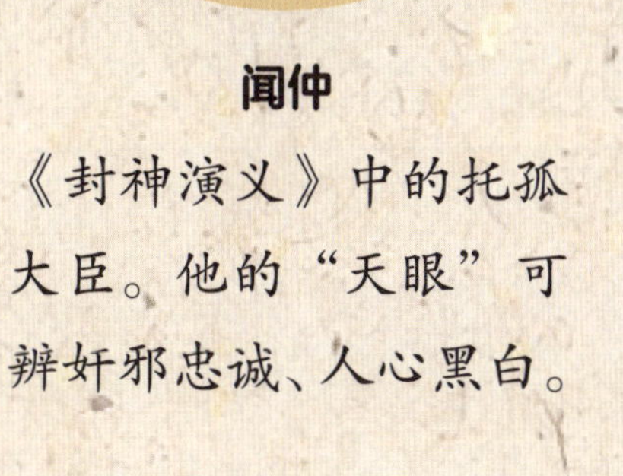

闻仲

《封神演义》中的托孤大臣。他的“天眼”可辨奸邪忠诚、人心黑白。

包拯

北宋时期铁面无私的“包青天”。传说他额头上的“天眼”是月牙形的，他清正廉洁、明察秋毫。

地藏菩萨

佛教中“四大菩萨”之一，掌管幽冥界。他的“天眼”可以观天地、看众生。

中国天眼

人类虽然并不能长“天眼”，但可以通过科技手段来探索宇宙。“中国天眼”是一台500米口径球面射电望远镜，位于中国贵州省平塘县境内，它的反射面积相当于30个足球场。它的形状像一个巨大的锅盖，可以拓宽人类的视野，探索宇宙的起源和演化。

“忙碌”的二郎神

民间崇拜二郎神的起源较早，最早的文字记载出现在唐朝。最初他以治水英雄的形象被人们崇拜，后来随着道教的普及和朝廷的推广，二郎神的影响日益扩大，消灾祈福、降妖除魔、保家卫国，他几乎无所不能，他的形象也出现在许多文学作品中，如《封神演义》《西游记》等。

沉香救母

在民间传说《宝莲灯》中，西岳华山的三圣母嫁给了凡人书生刘彦昌，生下了儿子沉香。三圣母的哥哥二郎得知后，将三圣母压在华山莲花峰（西峰）下的黑云洞中。长大后沉香用宣花神斧打败了舅舅二郎，劈开华山救出了母亲。后来，人们逐渐将华山二郎与二郎神混为一谈。

封神演义

在《封神演义》中，二郎神以杨戬的形象出现。杨戬是玉鼎真人的得意门徒，在协助武王伐纣的过程中，多次凭借自己的聪明才智帮助周营转危为安，最终肉身成圣。

撒豆成兵

《封神演义》中的杨戬会撒豆成兵的法术。一次，西岐发生了瘟疫，除了杨戬和哪吒，其余人都无法行动。这时商朝的“哼将”郑伦率兵来袭，杨戬从地上随手抓起土和草，向空中一扔，立刻出现了许多彪形大汉，于是郑伦不敢攻城了。

擒龙斩蛟

蜀地蛟龙常常趁着涨潮兴风作浪，百姓们苦不堪言。二郎神和梅山七圣一起制服了蛟龙，用铁索将它锁住，系在伏龙观石柱下的深潭中，从此当地再无水患。还有传说是二郎神持刀入水，直接砍了蛟龙的头颅。

担山赶日

相传古代天上有好几个太阳，大地干旱，人们都希望只保留一个太阳。二郎神用一根扁担担起大山追逐太阳，将多余的太阳一个个地压在了山下。

威风八面的二郎神

二郎神被百姓们广为崇拜，是神话中的水神、护国神、雷神、戏神、蹴鞠神、酒神、医神等。他的身份成谜，但是很多说法都离不开他治水的功绩。在《封神演义》中，他是姜子牙阵营的勇猛先锋，在其他传说中，他更是骁勇无比，能斩妖伏魔、擒龙斩蛟的盖世英雄。

玉皇大帝的外甥

关于二郎神的身份一直以来说法不一，在神话传说中，一般认为他是仙女和凡人结合所生的。二郎神的父亲是凡间的书生杨天佑。关于他的母亲，一种说法认为她是天庭的三公主——玉皇大帝的三女儿，那么杨戬就是玉皇大帝的亲外孙。而《西游记》中却说二郎神是玉皇大帝的外甥。

治水英雄

在唐代，尤其是在蜀地一带，作为治水之神的“灌口二郎”已经成为家喻户晓的神仙。到了宋代，朝廷将二郎神美化为一位俊逸的少年郎，进行官方祭祀，令其声名远播。现在，我国部分地区还有修建二郎庙镇水的习俗。

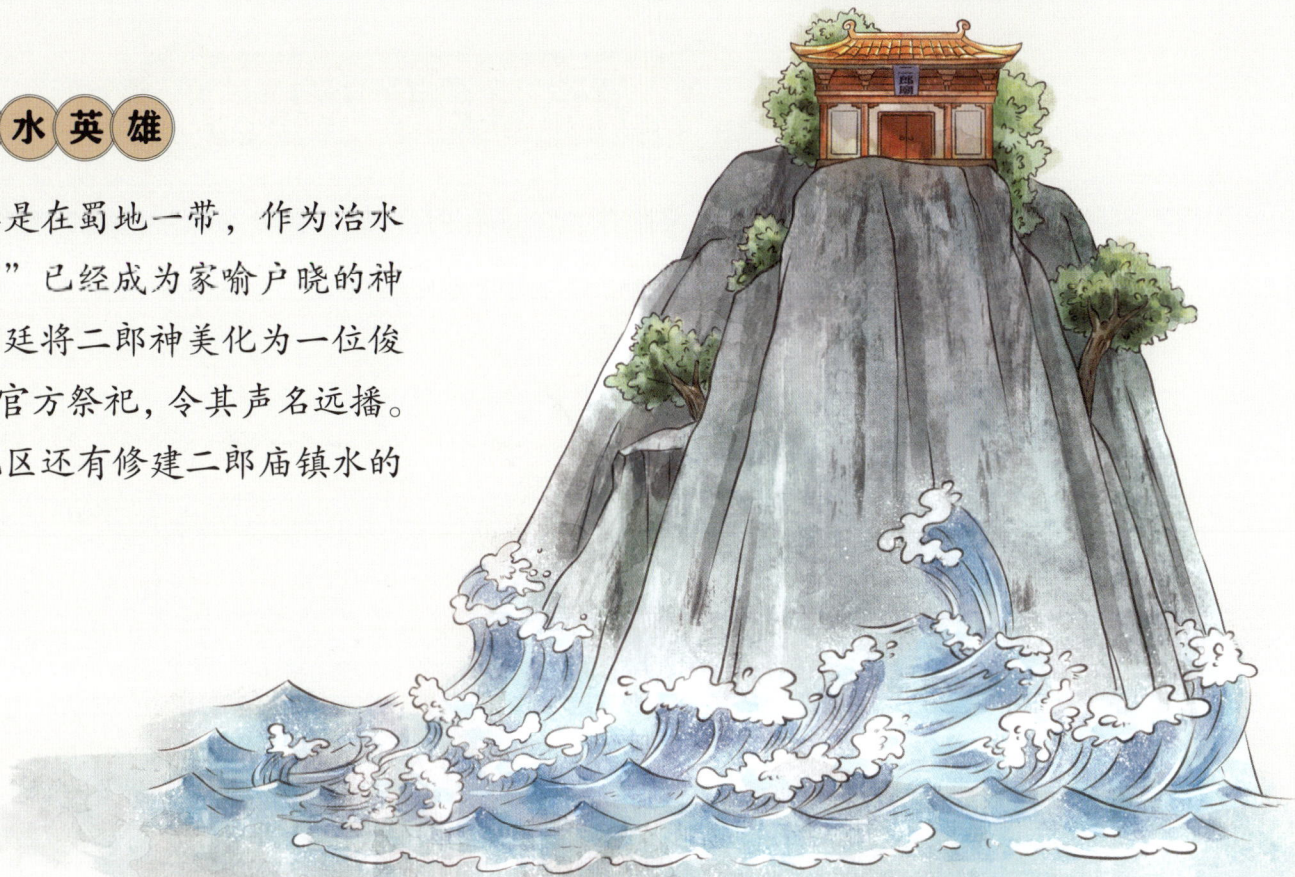

姜子牙的得力干将

在《封神演义》中，姜子牙手下有几位得力干将，杨戬就是其中之一。杨戬在《封神演义》中担任督粮官。他修成了八九玄功，可以腾云驾雾，变幻莫测，凭借自己的本领替姜子牙解决了许多难题，最终立下了汗马功劳。

著名灵兽哮天犬

哮天犬是二郎神的神兽，时常陪伴在二郎神的身边，帮助他降妖伏魔。作为一条著名神犬，民间也流传着许多关于它的传说。

哮天犬是什么品种？

《西游记》中写道：“（孙悟空）被二郎爷爷的细犬赶上，照腿肚子上一口，又扯了一跤。”这里的“细犬”就是哮天犬。细犬又叫中国细犬，是中国古老的狩猎犬种。它们有着细长的脖子和四肢，肌肉十分发达，是天生的护卫犬。

战功赫赫

在《封神演义》里，哮天犬咬过许多神仙和妖怪，碧霄仙子、辛环、邓婵玉、周信、九头雉鸡精等都曾尝过它的厉害。它还在杨戬、哪吒、雷震子大战“财神”赵公明时，一口咬伤了赵公明的脖子，立下了赫赫战功。哮天犬也有一些负面传说，例如，它曾经咬过“八仙”之一的吕洞宾，正所谓“狗咬吕洞宾，不识好人心”。

此犬非“天狗”

月有阴晴圆缺，古代人非常了解月亮的盈缺变化，但他们并不了解月食的原理。发生月食时，人们见月亮逐渐消失，还以为是天狗一口一口地吃掉了月亮！于是，民间便流传起“天狗食月”的传说。这里的“天狗”并非哮天犬，而是一种长得像狐狸，白脑袋的动物，早在《山海经》中就有记载。

其他神仙的灵兽

除了哮天犬，《封神演义》中还有许多灵兽。

四不像

姜子牙的坐骑

墨麒麟

闻仲的坐骑

五色神牛

黄飞虎的坐骑

九龙沉香辇

元始天尊乘坐的辇车

二郎神与梅山七怪

梅山七怪出自《封神演义》，梅山七怪是七种动物修炼后成为的妖精，后来被杨戬和哪吒所除，死后被封为星君正神。

战斗力不错

《封神演义》中的妖魔鬼怪各显神通，战功赫赫的杨戬都打败过谁呢？

花狐貂

魔家四将之一的魔礼寿的宠物，也是他的武器。花狐貂形如白鼠，可变大或变小，它将杨戬吞进肚子里，却被杨戬从肚中破成了两半。

余化

余化号称“七首将军”，凭借法宝化血神刀连伤雷震子、哪吒和杨戬，杨戬使出八九玄功，元神出窍，这才幸免于难。

孔宣

孔雀大明王孔宣的绝招是“五色神光”，号称无物不收。杨戬使出纵地金光术得以逃脱。

袁洪

梅山七怪之首。杨戬与他大战数百回合，用女娲娘娘的山河社稷图收服了袁洪，并用陆压的斩仙飞刀制胜。

是兄弟还是敌人？

关于梅山七怪和杨戬的关系，不同的书里有着不同的记载。在《封神演义》中，梅山七怪死于杨戬和哪吒之手，他们明显是敌人。

在《西游记》中，二郎神与梅山六兄弟合称为“梅山七圣”，这里的梅山七圣和《封神演义》中的梅山七怪完全不同。梅山六兄弟指的是康、张、姚、李四太尉，郭申、直健二将军。

运气好的金毛童子

一次杨戬正与土行孙打斗，土行孙逃入水中，杨戬跟了上去，来到一个石洞里。他在洞里发现了两样宝贝：三尖两刃刀、黄袍。杨戬拿了宝贝就走，忽然被两个金毛童子叫住。童子说杨戬拿了宝贝就是自己的师父了，而杨戬又不能承认自己是贼，只好被迫收下了这两个徒弟。后来，这两个金毛童子也和杨戬一道成仙了。

哪吒

最近几天，丫丫看《封神演义》入迷了，里面奇幻的故事引人入胜，神仙人物数不胜数。丫丫最喜欢哪吒了，他虽然只是一个小孩子，却拥有三头八臂的本领和大闹东海的勇气。

哪吒是谁

哪吒是传说中的一位少年神仙，他是托塔李天王的三儿子，因此也被称为“三太子”。哪吒从小就天不怕地不怕，曾经甚至大闹东海，扒龙皮、抽龙筋。后来，哪吒凭借三头八臂的本领和众多的法术、法宝惩恶扬善，终于成了神仙。哪吒勇猛善战，是有名的正义战神。

神仙档案

- **本名：** 李哪吒
- **别名：** 哪吒、三太子、三公子
- **兵器：** 乾坤圈、混天绫、火尖枪、风火轮、金砖、九龙神火罩、阴阳剑
- **法术：** 土遁飞天、三昧真火、三头八臂、收宝术
- **成就：** 闹海屠龙、肉身成圣

传说中的他

传说昆仑山上有一块灵石——灵珠子，它吸收了天地精华，化为女娲娘娘座下的护法童子。后来灵珠子投胎转世，成为陈塘关总兵李靖的三儿子。殷夫人怀胎足足三年零六个月，才终于生下了哪吒。

哪吒从小争强好胜，也因此闯下大祸。一天，他在入海口洗澡时，惊扰到了东海龙王。哪吒看不惯夜叉和龙王三太子的强横，大闹东海，不仅杀死了龙王的三太子，还抽掉了他的龙筋。

龙王知道后勃然大怒，兴风作浪，水淹陈塘关，上天庭状告哪吒的父母。哪吒为了不牵累父母，就勇敢地站了出来，割肉还母，剔骨还父，自尽以向东海龙王谢罪。

哪吒死后，他的师父太乙真人运用法术，将哪吒的魂魄托付在莲花和莲叶上，哪吒得以重生。

哪吒的家谱

父亲李靖

母亲殷夫人

大哥金吒

二哥木吒

妹妹李贞英（亲）

义妹半截观音（金鼻白毛老鼠精）

这孩子从小就聪明

哪吒从小就灵气十足、性格豪爽，是名副其实的孩子王。他十分贪玩，经常率领着小伙伴们四处打闹，因而闯了不少祸。

一个大肉球

商朝末年，陈塘关总兵李靖的妻子殷夫人怀了第三胎。一天，殷夫人梦见一个道士将一枚红色的灵珠子送入她的怀中，她的肚子立刻痛了起来，不一会儿就生下一个大肉球。李靖以为是个怪胎，便用宝剑将肉球劈开，没想到，一个手戴金镯，围着红肚兜的大胖娃娃蹦了出来，夫妻俩开心极了。太乙真人收这个孩子为徒，给他起名为“哪吒”。

哪吒的兵器

哪吒拥有许多兵器，兵器的功能都十分强大。

风火轮

哪吒的飞行工具。两个轮子飞速转动，冒火生风。踩着风火轮可以上天入地、日行万里。

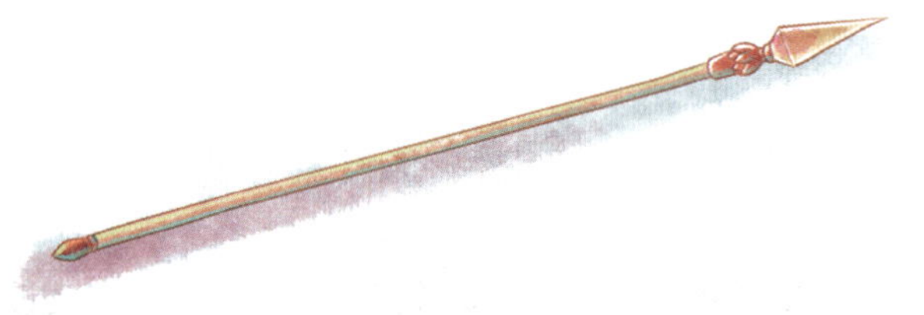

火尖枪

哪吒的进攻武器。枪身的长度约为6米，可自由变化。枪头的形状像火焰，还能喷火。火尖枪有两杆，可以合二为一。

乾坤圈

一只黄金镯子，哪吒出生时便戴着。乾坤圈坚不可摧、可大可小。

混天绫

一条7尺长的红绫，伸缩自如，能包卷万物。它不仅能将敌人牢牢绑住，还能翻江倒海。

哪吒闹海

哪吒7岁时，正逢天气炎热，他来到东海的入海口洗澡。哪吒用混天绫蘸着海水擦身子，混天绫有翻江倒海的本领，映得大海一片通红，还把海水搅动了。龙王派夜叉去巡视，夜叉和哪吒争吵起来，举起斧头就朝哪吒劈下去。哪吒击败了夜叉，还用乾坤圈将随后赶来的龙王的三太子敖丙打得现了原形。最后他余怒未消，抽掉了敖丙的龙筋，做成腰带送给了父亲李靖。

都怪你，闯祸了吧！
你脾气也太差了。
是你们先动手的！
你们几个做得都不对！
敖丙
夜叉

谁先动的手？

哪吒搅动了海水，言语上也有些挑衅，但他并非有意破坏龙宫，最先动手的是东海的夜叉。这件事情说到底还是因为几位当事人的性格急躁，没能好好沟通。

莲花童子

哪吒杀了东海龙王的三太子，东海龙王来找李靖兴师问罪，扬言要上天庭向玉皇大帝告状。哪吒说：“一人做事一人当。”抢先来到南天门将东海龙王痛打了一顿。李靖得知后大发雷霆，哪吒一怒之下剖腹、剜肠、剔骨肉还于父母，散了三魂七魄，一命归西。

哪吒复活了

哪吒死后托梦给母亲殷夫人，让她在翠屏山上建一座行宫，只要受三年香火，哪吒就可以重生。半年后，李靖发现了行宫，便放火烧了它。太乙真人只好运用法术，将哪吒塑成了莲花化身。

因祸得福

哪吒可谓是因祸得福，不仅重塑了肉身，还从师父太乙真人处得到了几件新旧宝贝：火尖枪、风火轮、乾坤圈、混天绫、金砖。

哪吒吃下师父给的美酒和火枣，变出了三头八臂。太乙真人又赠他九龙神火罩和阴阳剑。

三头六臂

成语释义

原指佛的法相有三个头和六条胳膊，后用来比喻人神通广大，本领出众。《西游记》中的哪吒是三头六臂，《封神演义》中的他却是三头八臂。

拥有三头六臂的神仙

殷郊

殷商大太子，商纣王和姜王后的长子。

慈航道人

元始天尊第九位弟子，观音菩萨是其原型。

天蓬元帅

北极四圣之首，《西游记》中猪八戒的前身。

莲花化身

莲花被视为儒释道三家的圣物。儒家经典中关于莲花的描写不胜枚举，“出淤泥而不染”使其名扬天下。在佛家眼里，莲花象征着神圣不灭，有“七宝莲花”“步步生莲”的说法，佛像底座也常用莲花。在道教中，莲花象征着修行者于五浊恶世而孑然一身，莲花冠是道门三冠之一。

哪吒的衣服带有莲花特色，通常用莲花花瓣围脖颈一周，用荷叶做裙子，肚兜上也有莲花花纹。

《封神演义》

《封神演义》为明代许仲琳创作的长篇神话小说，讲述了姜子牙辅佐武王伐纣的故事。小说描绘了以姜子牙为代表的西周阵营和以纣王为代表的殷商阵营之间的战争，刻画了无数的能人异士。

西周阵营

周文王、周武王

原为商朝诸侯，发动牧野之战以讨伐商朝，建立西周。

姜子牙

人称“姜太公”，先后辅佐周文王、周武王建立霸业。

李靖

神话中的“托塔李天王”，陈塘关镇关总兵。

金吒

李靖与殷夫人的长子，文殊广法天尊之徒。

木吒

李靖与殷夫人的次子，普贤真人之徒。

哪吒

李靖与殷夫人的第三子，灵珠子转世，太乙真人之徒。

黄飞虎

武成王，坐骑为五色神牛，神话中的东岳大帝。

杨戬

神话中的二郎神，有三只眼，还有神兽哮天犬。

雷震子

天雷将星下世，周文王姬昌的义子。

土行孙

身材矮小，身高不过四尺，面如土色，擅长遁地术。

殷商阵营

纣王

帝辛，商朝的末代君主，历史上有名的暴君。

苏妲己

商纣王的王后，在《封神演义》中被狐狸精附体。

袁洪

梅山七怪之首，由白猿修炼得道。

张桂芳

商朝青龙关总兵官，商纣王的大将，被封为“丧门星君”。

孔宣

世间第一只孔雀，独门神通为五色神光，被封为“孔雀大明王”。

比干

商王帝乙的弟弟，商纣王帝辛的叔父，有七窍玲珑心。

闻仲

商朝元老闻太师，与黄飞虎并称为“殷商文武双璧”。

真实的历史

周文王姬昌在姜子牙等人的帮助下讨伐殷商，周武王姬发发动了牧野之战。战斗中商军丢盔弃甲、溃不成军。商纣王见大势已去，登上鹿台自焚而死，于是周武王建立了周朝。

会魔法的孩子

我国古代神话中有许多儿童形象，他们各具本领，每个人身上都有特别的故事。

红孩儿

红孩儿是《西游记》中的角色，他是牛魔王和铁扇公主的儿子，外号为“圣婴大王”，住在火云洞，修炼成了法术三昧真火，他的武器是火尖枪，唐僧师徒吃了他不少的苦头。后来他被观音菩萨降服，在观音菩萨身边做了善财童子，修成正果。

刘沉香

刘沉香是古代民间传说《宝莲灯》中的人物，是三圣母与凡人刘彦昌的儿子。三圣母因与凡人成亲，被兄长抓走并镇压在华山莲花峰下的黑云洞中。沉香长大后拜霹雳大仙为师，劈开华山救出了母亲。

善财龙女

观音菩萨身边的女童龙女经常和善财童子一同出现，是一对金童玉女。她是“二十诸天”中第十九天之婆竭罗龙王的女儿，从小聪明伶俐，8岁时偶然听文殊菩萨在龙宫说《法华经》，之后便通达佛法，去灵鹫山礼拜佛祖，以人身成佛。

精卫

传说精卫是炎帝神农氏的小女儿，名叫“女娃”。一天，女娃到东海游玩，不小心溺水而亡。死后女娃化作一种花脑袋、白嘴壳、红爪子的神鸟，每天都从山上衔来石头填进东海，发出“精卫、精卫”的悲鸣声。

哪吒的父亲是谁

哪吒的父亲李靖是神话中大名鼎鼎的人物，他的原型是同名的唐朝名将李靖和“毗沙门天王”的融合，李靖是大家眼中的军神、战神，身披战袍，威风凛凛。因为手托玲珑宝塔，所以被称为“托塔天王”，是天庭的三军总帅。

托着老鼠的天王

哪吒的父亲的原型是“毗沙门天王”，也就是北方的多闻天王，是负责招财进宝的，出自印度神话。李靖的形象和“毗沙门天王”的形象进行了融合。“毗沙门天王”的手里托着的不是宝塔而是老鼠，即吐宝鼠。

李天王的宝塔

李靖的“三十三天黄金舍利子七宝玲珑塔”简称为“七宝玲珑塔”。宝塔一共有七层，第一层到第六层有降服妖魔鬼怪的功能，并且按照法力的高低可以将不同的妖怪收到不同的塔层。最后一层专门用来降服不服管教的神仙。

父子和好

哪吒在太乙真人的帮助下，由莲花化身得以重生。他去陈塘关找李靖算账，李靖用土遁逃走。

李靖向半路遇到的文殊广法天尊求助，天尊用遁龙桩套住哪吒，让他无法移动。太乙真人在父子二人之间进行说和，哪吒敢怒不敢言，等李靖离开后，他又偷偷追了上去。

李靖又请燃灯道人将哪吒扣在玲珑塔里，把哪吒烧得大喊饶命。燃灯道人将宝塔赠给李靖，最终父子二人和好。

孙悟空

每个孩子都喜欢看《西游记》，丫丫也不例外。她最喜欢故事里的孙悟空，因为他会七十二变，有火眼金睛，一个筋斗就能翻十万八千里。只要他一出现，妖怪就无处可逃。

孙悟空是谁

孙悟空是四大名著之一的《西游记》中的人物。他本领高强，七十二变大显神通，驾起筋斗云上天入地，火眼金睛能识别一切妖魔鬼怪；他占山为王，“美猴王”“齐天大圣”的名号叫得响当当；他无所畏惧，探东海得宝贝金箍棒，大闹天宫搅得天庭人仰马翻，闯地府勾生死簿得长生不老；他忠肝义胆，历经九九八十一难，终于陪师父唐僧到达西天，取得真经。

神仙档案

本名： 孙悟空

别名： 美猴王、齐天大圣、孙行者、弼马温、猴头儿

兵器： 如意金箍棒（简称为金箍棒）

成就： 龙宫探宝、大闹天宫、勇闯地府、西天取经

技能： 七十二变、筋斗云、火眼金睛

亲友： 师父菩提祖师、唐僧；师弟猪八戒、沙僧、白龙马；结拜兄弟牛魔王等“六妖王”

传说中的他

传说东胜神州傲来国的花果山上，有一块日月精华孕育出的灵石。一天，灵石裂成了两半，从灵石中间蹦出了一个石猴，在花果山水帘洞当起了“美猴王”，这就是孙悟空。

玉皇大帝叫孙悟空上天庭去当官，却只让他养马。孙悟空不服，搅乱了王母娘娘的蟠桃大会，和天兵天将打了起来，来了一场大闹天宫。

唐僧要去西天取经，孙悟空成了他的大徒弟。孙悟空护送师父跋山涉水，一路上斩妖除魔，历经九九八十一难，终于完成了西天取经的任务。

神通广大

取经路上到处都是妖魔鬼怪，没点儿本事可不行。孙悟空师徒四人都有哪些看家本领呢？

孙悟空

孙悟空的高强的本领也是一点一点学来的。他先拜菩提祖师为师，学会了筋斗云和七十二变；然后去东海龙宫寻到兵器如意金箍棒；最后被关在太上老君的八卦炉里，意外地获得了火眼金睛。

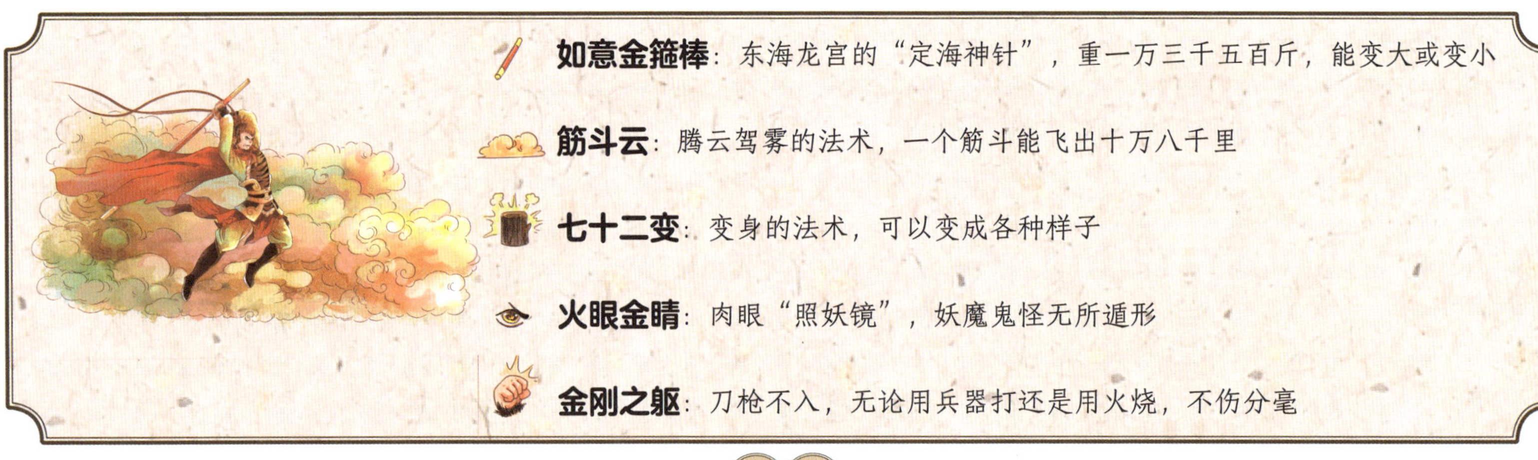

如意金箍棒：东海龙宫的“定海神针”，重一万三千五百斤，能变大或变小

筋斗云：腾云驾雾的法术，一个筋斗能飞出十万八千里

七十二变：变身的法术，可以变成各种样子

火眼金睛：肉眼“照妖镜”，妖魔鬼怪无所遁形

金刚之躯：刀枪不入，无论用兵器打还是用火烧，不伤分毫

唐僧

唐僧是一介凡人，怎么才能管住神通广大的孙悟空呢？观音菩萨给孙悟空的头上戴了一个紧箍儿，又将紧箍咒传授给了唐僧，只要念起咒语，孙悟空头上的紧箍儿就会收紧，令他头痛欲裂。

紧箍咒：由如来佛祖发明，搭配紧箍儿使用，唐僧用它来束缚、管教孙悟空

锦襕袈裟：观音菩萨送给唐僧的佛衣，水火不侵，可以防身驱祟

九环锡杖：观音菩萨送给唐僧的禅杖，唐僧拿在手中可以免遭毒害

猪八戒

猪八戒原本是天上的天蓬元帅，因犯错被贬下凡，一不小心错投了猪胎。虽然他长得猪头猪脑的，可当年的本领还在，一般的妖怪可不是他的对手。

三十六变：变身的法术

九齿钉耙：重五千零四十八斤，由太上老君用神冰铁锤炼而成，能斩妖除魔

法天象地：身体变大的法术，可以化为万丈身高

游泳健将：猪八戒当天蓬元帅的时候掌管天河八万水兵，因此水性较好

沙僧

沙僧原本是天上的卷帘大将，蟠桃大会上失手打碎了琉璃盏，所以被贬到流沙河，后来成了唐僧的三徒弟，法号为“沙悟净”。

降妖宝杖：重五千零四十八斤，是鲁班用月宫里的梭罗仙木打造而成的

骷髅佛珠：九个骷髅组成，曾化作法船，载唐僧渡过流沙河

《西游记》与吴承恩

吴承恩是明代的文学家，也是四大名著之一《西游记》的作者。吴承恩从小就聪敏过人，尤其喜欢读书，除了四书五经，他还痴迷于神话故事，例如，讲神仙鬼怪、狐妖猴精的《百怪录》《酉阳杂俎》等。他在科举中屡屡受挫，晚年，辞官后闭门著书，终于写出了《西游记》。

唐僧的原型

唐僧的原型是唐代高僧玄奘，我国汉传佛教著名的翻译家。唐代贞观年间，玄奘从长安（今陕西西安）出发辗转到达印度寻求佛法，往返历时 17 年，旅程 5 万里，带回佛经 657 部。回到长安后，在唐太宗的支持下开设翻经院，开展了长达 20 年的译经工作。玄奘还口述了自己西行的见闻，由弟子整理写成了《大唐西域记》。

四大名著

四大名著指中国四部著名的古典长篇小说：《西游记》《水浒传》《三国演义》《红楼梦》。它们成书于明清时期，有着极高的文学水平和艺术成就，堪称中国文学史上的四座丰碑。

《西游记》

作者是明代的吴承恩，神魔小说，古代长篇浪漫主义小说的巅峰，讲述了唐僧师徒历经九九八十一难取得真经的故事。

《水浒传》

作者是元末明初的施耐庵，章回体小说，讲述的是北宋末年，以宋江为首的一百零八条好汉在水泊梁山聚义的故事。

《三国演义》

作者是元末明初的罗贯中，历史演义小说的开山之作，描写了东汉末年魏、蜀、吴三国之间的军事斗争。

《红楼梦》

作者是清代的曹雪芹，小说通过贾宝玉与林黛玉、薛宝钗的爱情故事，描绘了四大家族的兴衰。

神魔小说

《西游记》是一部神魔小说，又可称作神怪小说、神话小说。这类作品一般依托于虚幻的或假托的背景来吸引人读。这类小说想象力丰富，历史上涌现出不少的名篇佳作。

四游记：《西游记》《东游记》《南游记》《北游记》

可怕的紧箍咒

紧箍咒是如来佛祖发明的，他将紧箍儿和咒语传授给观音菩萨，让观音菩萨降服神通广大的妖魔。如果妖魔不听使唤，就将紧箍儿戴在他们头上。紧箍儿见肉生根，念起咒语紧箍就会收紧，使妖魔眼胀头痛。虽然孙悟空有金刚之躯，但也受不了这样的折磨。

为什么要念紧箍咒？

孙悟空受观音菩萨点化，做了唐僧的徒弟，可是他心性未定，不服管束。唐僧如果想要制服他，就只得借助一些外力了。这个咒语是个警醒，也是一种惩罚，当孙悟空起了杀心，唐僧念一念咒语就可以提醒他，也可以在他闯祸后用来惩罚他。

跟我一起念咒语

紧箍咒怎么念呢？你可以试试佛教中的六字箴言。这六字箴言是观音菩萨的心咒，它来自梵文，发音是这样的：唵（ōng）、嘛（mā）、呢（nī）、叭（bēi）、咪（mēi）、吽（hōng）。

小姑娘，咒语可不能瞎念啊！
真的这么简单吗？唵、嘛、呢、叭、咪、吽。

唐僧念过几回紧箍咒？

唐僧是出家人，以慈悲为怀，不会无缘无故地念紧箍咒令孙悟空难受，西天取经的路上也只念过六次而已。

第一次：孙悟空打死六个强盗，唐僧骗孙悟空戴上紧箍儿后念了几遍。

第二次：三打白骨精，唐僧以为孙悟空打死了凡人。

第三次：为了让孙悟空出手救乌鸡国国王。

第四次：为了区别真假唐僧。

第五次：孙悟空打死了老杨的强盗儿子。

第六次：为了区别真假美猴王。

给孙悟空戴紧箍儿也是没办法的办法，他成佛后心性已定，紧箍儿自然就消失了。

你摸摸头试一试。
真的没了！
太好啦，你再也不会头疼了！

斗战胜佛是怎样炼成的

孙悟空天赋异禀：石猴出世不久就当上了美猴王；后来大闹天宫，在花果山水帘洞自立为“齐天大圣”；在保护唐僧去西天取经的路上降妖除魔，天上的和地下的神仙都不是他的对手。他是人们心中最有本领的英雄人物，最后理所应当地被封为斗战胜佛。

九九八十一难

唐僧师徒奉如来佛祖的法旨前往西天取经，一路上共经历九九八十一难。八十一难各不相同，又各有寓意，有自身命运的坎坷，有周围环境的险恶，有妖魔鬼怪的阻拦……

战斗名场面

三打白骨精：白骨精先后化身为村妇、老奶奶、老爷爷，都被孙悟空的火眼金睛识破，孙悟空先后三打白骨精，这才将其打死。

智取红孩儿：红孩儿是牛魔王和铁扇公主之子。孙悟空请观音菩萨帮忙，用玉净瓶中的甘露熄灭三昧真火，收服红孩儿成为观音座下的善财童子。

三借芭蕉扇：唐僧师徒路过火焰山，孙悟空找铁扇公主借芭蕉扇。铁扇公主先是挥动宝扇，将他吹走了几万里，然后又弄了把假扇子骗过孙悟空。后来，孙悟空擒住了牛魔王，铁扇公主这才借出真宝扇，灭了火。

真假美猴王：一只假猴王长得和孙悟空一模一样，假猴王原来是六耳猕猴，现出原形后被孙悟空打死了。

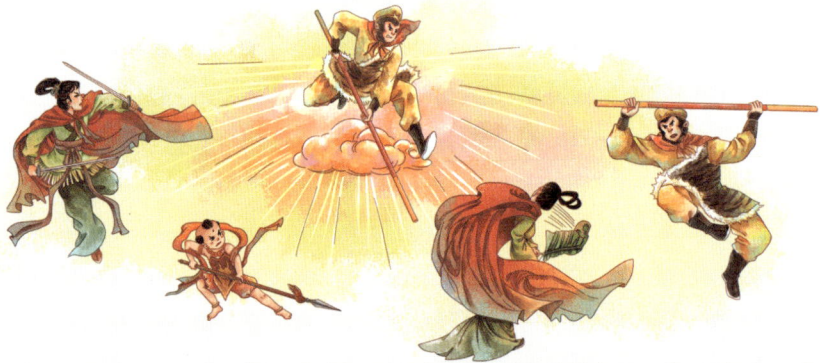

师徒四人金句多

世上无难事，只怕有心人。
只要你见性志诚。念念回首处，即是灵山。
不受苦中苦，难为人上人。
好借好还，再借不难。

单丝不线，孤掌难鸣。

不看僧面看佛面。

心生，种种魔生；
心灭，种种魔灭。

童谣

唐僧骑马咚哩个咚，后面跟着个孙悟空。
孙悟空，跑得快。后面跟着个猪八戒。
猪八戒，鼻子长，后面跟着个沙和尚。
沙和尚，挑着箩，后面跟着个老妖婆。
老妖婆，真正坏，骗了唐僧和八戒。
唐僧、八戒真糊涂，是人是妖分不出。
分不出，上了当，多亏孙悟空眼睛亮。
眼睛亮，冒金光，高高举起金箍棒。
金箍棒，有力量，妖魔鬼怪消灭光。

——《孙悟空打妖怪》

孙悟空的原型

孙悟空在人们心中是无所不能的战神，但是《西游记》毕竟是一本神魔小说，孙悟空也是猴子模样。真实的美猴王好像有点儿丑——小说原著中有这样的描述："真个是生得丑陋，七高八低孤拐脸、两只黄眼睛，一个磕额头，獠牙往外生，就像属螃蟹的，肉在里面、骨在外面。"不过，人不可貌相，虽然孙悟空的模样不够英俊，但依然是我们心中潇洒神武的美猴王。

灵石说

孙悟空是从哪儿来的？《西游记》中说他是从石头里蹦出来的。这块灵石吸收了天地灵气、日月精华，最终孕育出了灵猴。

鲁迅说

鲁迅认为孙悟空的原型来自中国民间传说。唐代小说中有一个淮水水怪，名叫无支祁，形象类似猿猴，塌鼻子、凸额头、白头青身、火眼金睛，头颈长达百尺，力气超过九头大象。无支祁在淮水里兴风作浪，被大禹用铁索锁住，压在了龟山脚下。

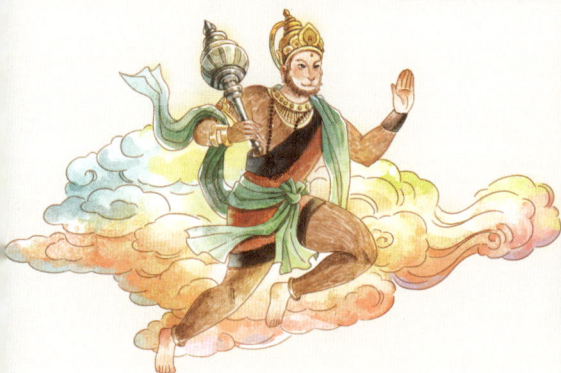

胡适说

胡适认为孙悟空的原型是印度神猴哈奴曼。印度的古老史诗《罗摩衍那》中有个神猴哈奴曼，他保护罗摩王子征服了敌人，王子赐予他长生不老的能力。胡适认为这与孙悟空的经历相仿，不过这种说法遭到了学术界的反对。

兄弟姐妹说

元末明初的戏剧家杨景贤撰写的杂剧《西游记》里记载了一段孙悟空的自述，“小圣弟兄姊妹五人：大姊骊山老母、二姊巫枝祇圣母、大兄齐天大圣、小圣通天大圣、三弟耍耍三郎。”其中通天大圣就是孙悟空。

骊山老母

巫枝祇圣母

齐天大圣

通天大圣

耍耍三郎

本书编委会

执行主编：闫怡然

编　者：王玉玲　冯嘉瑞　刘　伟

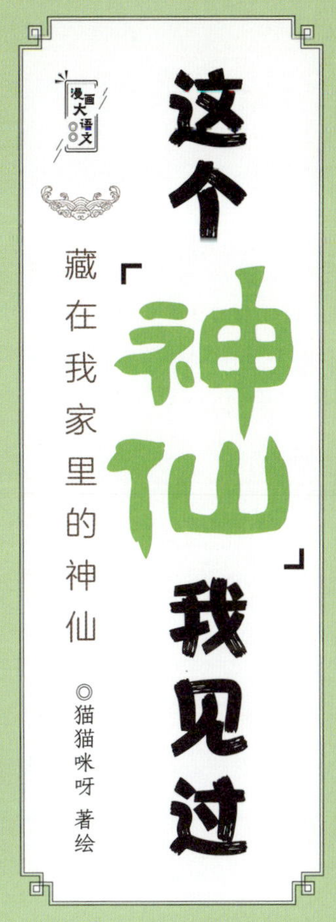
漫画大语文
这个「神仙」我见过
藏在我家里的神仙
◎猫猫咪呀 著绘

電子工業出版社
Publishing House of Electronics Industry
北京·BEIJING

图书在版编目（CIP）数据

这个神仙我见过. 藏在我家里的神仙 / 猫猫咪呀著、绘. -- 北京 : 电子工业出版社, 2024.3
（漫画大语文）
ISBN 978-7-121-47457-6

Ⅰ. ①这… Ⅱ. ①猫… Ⅲ. ①神话—作品集—中国 Ⅳ. ①I277.5

中国国家版本馆CIP数据核字(2024)第051780号

责任编辑：王佳宇
印　　刷：中煤（北京）印务有限公司
装　　订：中煤（北京）印务有限公司
出版发行：电子工业出版社
　　　　　北京市海淀区万寿路173信箱　邮编：100036
开　　本：787×1092　1/12　印张：20　字数：138千字
版　　次：2024年3月第1版
印　　次：2024年3月第1次印刷
定　　价：159.00元（全5册）

凡所购买电子工业出版社图书有缺损问题，请向购买书店调换。若书店售缺，请与本社发行部联系，联系及邮购电话：（010）88254888，88258888。

质量投诉请发邮件至zlts@phei.com.cn，盗版侵权举报请发邮件至dbqq@phei.com.cn。

本书咨询联系方式：电话（010）88254147；邮箱wangjy@phei.com.cn。

序言

哪吒闹海、女娲造人、二郎神大战孙悟空……这些故事曾是中国的孩子们的集体记忆，在姥姥生动的讲述中，在课堂外的连环画中，在吃饭时看到的电视剧中被一遍又一遍地演绎着。

神话传说和童话故事一样，对于孩子们来说，它是一种美好而神奇的存在。神话传说中那些性格各异、法力无边的神仙们，极大地满足了孩子们的好奇心。

有的神仙可以将一块石头变成金子，有的神仙可以看到千里之外的风景，有的神仙挥动金箍棒，将天宫、地府搅了个天翻地覆……

于是，在孩子们的眼中，世界也因此变了模样。

看到东海，他会想象海中有座金碧辉煌的水晶宫，那里住着一位脾气还不错，能呼风唤雨的老龙王。

看到天上的银河，他会数数日子，想着是不是七夕节快要到了？牛郎和织女还在思念着对方吗？

看到元宵节的花灯，他会想起村民们瞒着玉皇大帝假装放火的故事，不禁会心一笑。

神奇的故事丰富着孩子们的心灵，充实着孩子们的生活。怎样才能让这些神奇的故事在今天延续？怎样才能让那些被智能产品包围的孩子们认识到呢？

我们诞生了一个想法，也由此创作了这套《这个神仙我见过》，力图用色彩清新的绘画和生动有趣的文字，为孩子们打开神话世界的大门，让他们了解中国的充满神秘感的诸神故事。

传说是一种古老的，但却一直活跃至今的民间文学体裁。女娲造人、八仙过海的故事，本身就是中国传统文化的一部分，解释了许多民俗和地方风土人情，具有重要的历史意义。

相比西方的神话故事，东方神话往往更接近中国孩子们的生活。这套书从孩子感兴趣且常见的东方神仙角色出发，讲述了一个个发生在这些神仙身上奇妙而有趣的神话故事，将其蕴含的意义以手绘漫画的形式呈现给读者。

借由阅读的形式，可以体会到传统文化中蕴含的想象之美、人情之美，以及意境之美。

这套书分为传说、节日、月亮、书本、我家五个不同的主题，收录了从天上到地下，从身处遥远地方到孩子们身边的两百多位神仙。

读过女娲的故事，孩子们会了解到，身为开天辟地时期的诸神之一，女娲是怎样创造出人的，又是如何用五色石补天的。

看完龙王的介绍，孩子们会懂得水族的领导者——龙王在整个神话体系中占据着的位置，以及我们为何被称为“龙的传人”。

神话故事思维与儿童思维之间有着极为相似的特性，也因此更能引起孩子们的共鸣。开发出神话对于儿童教育的积极作用，在激发儿童阅读兴趣的同时培养他们的良好品德，这正是我们创作这套绘本的初衷。

目录

藏在我家里的神仙

财神

门神

土地神

灶神

“爷爷，这是谁呀？他的手里怎么拿着金元宝呢？”

“这是财神爷呀！财神爷能招财进宝，放在家里我们图个财源滚滚的好兆头！”

财神

财神是谁

神仙档案

本名： 赵公明

别名： 赵公元帅、赵玄坛

神职： 财神爷、正财神

神技： 买卖求财、驱雷役电、呼风唤雨、除瘟剪疟、保病禳灾

坐骑： 黑虎

财神知多少

财神可不只有一位哦！按照他们的官职可以分为文财神、武财神；按照他们掌管的方位又可以分为五路财神、九路财神。

文财神： 文财神锦衣玉带、慈眉善目，适合在家中悬挂，可招财纳福。

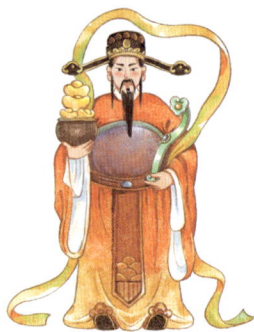

比干

范蠡

李诡祖

关羽

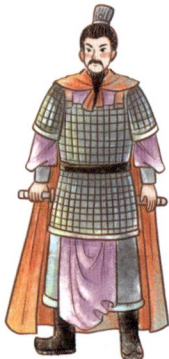

柴荣

赵公明

武财神： 武财神形象威严、全副戎装，正对大门，面朝宅外摆放，可镇宅辟邪。

五路财神：有大小之分，“大五路财神”指东路财神比干、南路财神柴荣、西路财神关羽、北路财神赵公明、中路财神王亥。“小五路财神”指赵公明和他的四位部将。

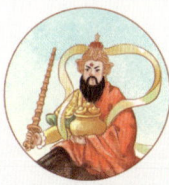

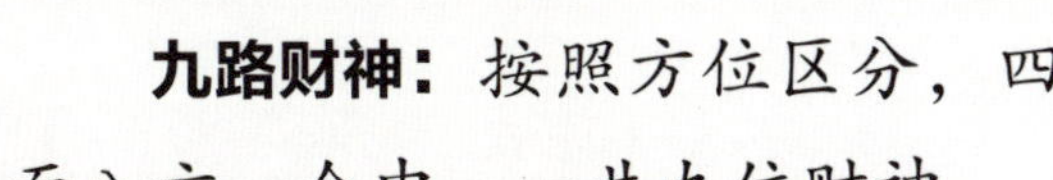

九路财神：按照方位区分，四面八方一个中，一共九位财神。

“非正式”财神

道士刘海蟾没有得到正式的财神封号，却能给人带来一些财运，因此百姓奉他为“准财神”。

刘海戏金蟾：金蟾是一种能给人带来财富的灵物，以金子为食。刘海蟾用一串金钱做诱饵来“钓”金蟾，民间有“刘海戏金蟾，步步钓金钱”的说法。

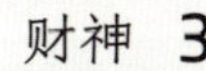

财神的“黑历史”

在中国民间传说中赵公明是主管财富的正财神。赵公明为了躲避祸乱来到终南山，在此隐居修道，后得道被封为“玄坛元帅”。赵公明头戴铁冠，一手持神鞭，一手举金元宝，骑一头黑虎，是庄严威仪的武财神。财神统管着人世间的一切财富，民间人们买卖求财都要拜财神，因此，赵公明成了最受欢迎的神仙之一。

财神也曾做错事

在《封神演义》中，赵公明法力无边，可惜识人不清，曾经助纣为虐。姜子牙降服赵公明后，封他为“金龙如意正一龙虎玄坛真君”。赵公明为正财神，统领四位部下：“招宝”“纳珍”“招财”“利市”。

取人性命的冥神　　招致疾病的瘟神　　招财进宝的财神

从凶神到财神

在《搜神记》中，赵公明是专取人性命的冥神；在《真诰》中，赵公明是能招致疾病的瘟神。直到《封神演义》问世，赵公明才一改往日的邪气、鬼气和瘟气，成了招财进宝的财神。

财神庙也曾门庭冷落

过去人们并不认为当财神是个美差，古代讲究士农工商，商人的社会地位是最低的。于是，在挑选财神人选的时候，劣迹斑斑的赵公明才被意外“录取”了。百姓们认为无商不奸，财神庙自然也就门庭冷落。

不知道到何时，这里的香火才会旺起来啊？
廟神財
别担心，以后大家都会抢着拜财神爷的！

财神的黑虎

《封神演义》中，赵公明在西岐遇到一头猛虎，他刚好没有坐骑，于是就用两根手指降服了猛虎，并在它的脖子上画了一道符咒，黑虎便乖乖地成了他的坐骑，赵公明因此被称作“黑虎玄坛”。

商业之神变财神

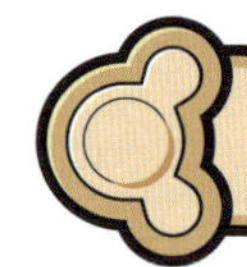

范蠡是春秋末期的政治家、军事家、谋略家，他帮助越王勾践兴越国，灭吴国，成就霸业，被封为“上将军”。他也是一位经济学家，三次经商成为巨富，又三散家财，被后世尊称为“商圣”。范蠡长于经商又淡泊名利，被无数经商之人崇拜，成为民间的文财神。

助越灭吴成将军

越王勾践去给吴王夫差当奴仆，三年后回国。越王勾践为了不忘国耻，每天卧薪尝胆。范蠡劝越王勾践向吴王夫差示好，又把美人西施送到吴王夫差的身边。越王勾践在范蠡和文种的帮助下灭了吴国，一雪前耻，事后越王勾践封范蠡为上将军，文种为丞相。

急流勇退成富豪

范蠡不愿接受封赏，不顾越王勾践的再三挽留，去了齐国避世隐居。范蠡惦记文种，就偷偷地给文种写了封信，说："飞鸟尽，良弓藏，狡兔死，走狗烹。"想以此来提醒文种尽快离开。文种不听劝，最后被迫自尽。范蠡在齐国置办产业，很快积攒了丰厚的家产。

三散家财成财神

范蠡并不看重金钱，多次尽散其财，分给朋友和乡邻。最后，他带着一点儿盘缠来到了陶邑，自称陶朱公。范蠡去世后，人们将他奉为"商圣""商祖""文财神"，经商之人纷纷地供奉他。

同为文财神的比干

比干也是文财神。比干是商纣王的叔父，《封神演义》中的他接受托孤，历经两朝，忠君爱国，是亘古忠臣。谁料商纣王听信了妲己的妖言，导致比干被挖心。后世的人们将比干视为公平的文财神。

正月初五迎财神

传说农历正月初五是财神的生日，每年的这一天，家家户户都要置办酒席，为财神庆祝生辰。还有一种说法是赵公明非常懒惰，每年只在农历正月初五这一天走动，随机去往一户人家。人们为了让财神来自己家，争抢着早早地打开大门，燃放鞭炮来接财神。诗里说道：“五日财源五日求，一年心愿一时酬。提防别处迎神早，隔夜匆匆抱路头。”“抱路头”指的就是接财神。

招财神和送穷鬼

在农历正月初五除了迎财神，还要送穷鬼。“五穷”指智穷、学穷、文穷、命穷、交穷这五种穷鬼。人们认为过年不能倒垃圾，这样才能聚财聚福，不过垃圾一直堆着也不是办法，所以到了农历正月初五这一天，人们就放鞭炮，倒垃圾，象征着送穷鬼。

皇帝做财神

传说，中路财神王亥是夏朝商国的第七任君主，他发明了牛车，鼓励人们用牛车外出交易。当时从事这种贸易的大部分是商国人，人们便把他们称为“商人”，王亥被誉为“华商始祖”。

福
这是给你的！
福
哇！大吉大利，谢谢利市仙官！

代表好运的利市仙官

民间把赵公明称为“大财神”，把他的部将利市仙官姚少司称为“小财神”。“利市”也叫“利是”，指买卖时得到的利润、吉利和运气，也指过节时得到的喜钱或压岁钱等。在今天的粤语地区，人们在过年或开工的时候有“派利是”（发红包）的习俗。

门神
“下雪了，好冷啊！
小狗，我们回家吧，
今天不用你守门啦，
瞧，门神替我们保平安呢！”

喜迎新春
福照家门万事兴
喜居宝

门神是谁

门神就是守卫门户的神灵，门神通常是成对出现的。每逢农历新年，人们都会将门神的画像张贴在大门两侧。不同的年代有不同的门神，他们的职能各有不同，可以分为驱邪、祈福等几类。

神仙档案

神荼、郁垒

驱鬼辟邪两兄弟，手拿桃木剑，守卫门户。

金鸡、老虎

传说中，金鸡、老虎都是吃恶鬼的。

福禄门神

也称为天官赐福门神，有祈福的意思，象征着天官赐福。

尉迟恭、秦琼

大唐开国元勋，民间广为流传的武门神。

钟馗

道教的门神，传说，唐玄宗曾将钟馗的画像挂在宫中以辟邪镇妖。

哼哈二将

《封神演义》中的两员神将，哼将郑伦、哈将陈奇。

门神的历史

门神的起源可以追溯到先秦，周代就已经有“祀门”的说法了。神荼和郁垒可以算是最早的门神，他们的故事在《山海经》中有记载，东海上有一座度朔山，山上有一棵绵延三千里的大桃树，顺着树枝延伸的东北方向有一扇“鬼门”，那是万鬼出入的地方，有两位把守鬼门的神仙，一个叫神荼，一个叫郁垒。

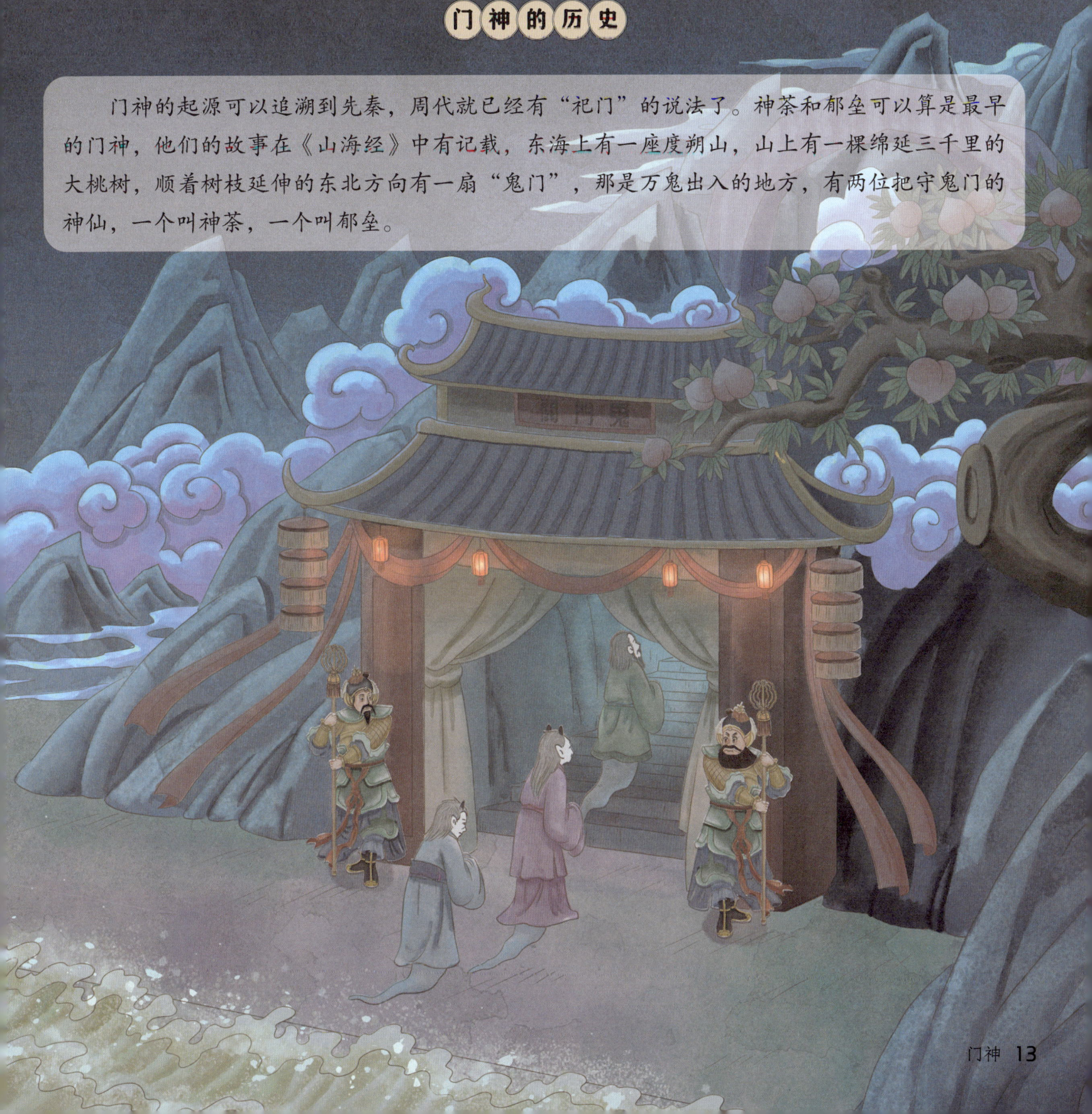

文门神和武门神

门神的种类非常多，有文官也有武将。文门神身着官服，手捧牙笏，多用于祈福求财。武门神身着盔甲，手执兵器，多用来镇邪避灾。此外还有一类童子门神，以儿童的形象出现，寓意多子多福。人们会根据不同的祈愿选择相应的门神。

福禄门神

福禄门神是一对文门神，他们头戴官帽，手捧牙笏，腰间束着玉带，一身官服打扮。最典型的特征是一个穿绿袍，一个穿红袍。故宫的福禄门神图中有黄蜂、灯笼、五只拨浪鼓，取“五鼓”“蜂”“灯”的谐音，其寓意为五谷丰登。

威武的武门神

武门神是孔武有力的武官形象，都是历代著名的战神。例如，唐朝的开国名将，位列凌烟阁二十四功臣的秦琼、尉迟恭，三国时期的常胜将军赵云，战国时期深谙兵法的孙膑等。

尉迟恭　　秦琼

赵云

孙膑

两肋插刀是谣传？

秦琼在县衙当差时，奉命逮捕劫富济贫的强盗“响马”，可是“响马”中有一些人是秦琼的朋友。秦琼通知他们提前逃跑，故意带捕快走了两肋庄的岔道。这个故事流传开来，“两肋庄”“岔道”后来就变成了成语“两肋插刀”，指人重情义，讲义气。

可爱的童子门神

童子门神都是儿童的形象，白白胖胖、福气满满，手捧石榴象征多子多福，手捧金元宝寓意招财进宝。童子门神中还有一些神通广大的小神仙，如《封神演义》中的哪吒。

丫丫，你在干什么？
我在当童子门神呢！
万事兴

爆竹声中一岁除

过春节时，家家户户张灯结彩，贴“年红”。门上除了要贴门神，还要贴对联，对联也叫春联。中国人喜欢对对子，过春节时选两句吉祥话，一句是上联，一句是下联，贴在大门两边，再加一个横批。人们借用对仗工整的句子，许愿新的一年吉祥如意。

春联的前身

“春联者，即桃符也。”春联起源于桃符，桃符是写有门神神荼、郁垒名字的桃木板，挂在门上可以辟邪。

莫高窟出土的敦煌遗书中有十二副对联，其中第一副对联是唐人刘丘子写的，内容是“三阳始布，四序初开”，这被认为是迄今为止发现的最早的对联。

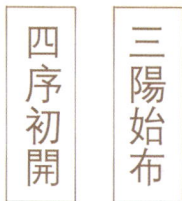

贴门神

贴门神也是有讲究的。唐代以左为尊，历史上尉迟恭的功劳比秦琼的大，所以要把尉迟恭贴在更为尊贵的左侧，把秦琼贴在右侧。此外，两个门神还要面对面。

贴福字

人们贴福字时有时会倒着贴，这是因为“倒”和“到”谐音，倒着贴的寓意是“福到了”。福字倒贴在民间有一则传说。传说，朱元璋以“福”字为暗记准备杀人，好心的马皇后为消除灾祸，便让全城百姓都在门口贴上福字。结果一户人家不识字，把福字贴倒了，于是朱元璋下令将这户人家满门抄斩，马皇后解释道：“他们知道皇上要来，这是福到了的意思。”朱元璋听后便消气了。

人见人爱的门神

门神可以保卫家宅、驱鬼祈福，因此在神仙中人气很高，上到皇亲国戚，下到黎民百姓，家家户户的门上都喜欢贴上门神。

皇宫中的门神

相传，有一次唐太宗生了重病，听见门外鬼哭狼嚎，他彻夜难眠。秦琼听说后主动要求和尉迟恭一同守卫宫门，这一夜唐太宗睡得十分安稳。可是总不能让两位将军每天都守在门外吧，于是唐太宗派吴道子画了他们的画像，贴在门上。此事传到宫外后，百姓们纷纷效仿。

民间的门神

一些英勇的武将、廉洁的文官深受百姓们崇拜，他们是民间敬仰的门神。

钟馗、魏征：钟馗怒目圆睁、怒发冲冠，是颇受人们欢迎的驱邪纳吉之神，也是镇恶逐鬼的判官。同为冥府判官的还有魏征，赏罚分明是他们的主要特点。

赵云、马超：赵云文武双全、性格低调，不争功、不夺利。马超是“五虎上将”之一，体格魁梧、性格淳朴。两人都是民间推崇的武将。

“岳家军”“杨家将”：古时候硝烟弥漫、战火连天，保家卫国的将士为百姓们带来安宁的生活，所以深受百姓们的爱戴，“岳家军”和“杨家将”就是其中的代表，因此荣列门神。

嶽

楊

加官、进禄：一对身着绿袍、红袍的天官，一人手中持冠，寓意“加官”；一人手中捧鹿，寓意“进禄”，合起来就是“加官进禄”的意思啦！

关于门神的诗歌

元日

［宋］王安石

爆竹声中一岁除，春风送暖入屠苏。
千门万户曈曈日，总把新桃换旧符。

诗里提到的“桃”就是“桃符”，是刻有门神名字或画像的桃木板。
吉祥如意
迎喜迎春
福
出入平安

门神门神骑红马，贴在门上守住家。
门神门神扛大刀，大鬼小鬼进不来。

——歌剧《白毛女》的经典唱词

身兼数职的关羽

关羽，字云长，是三国时期蜀国的一名猛将，在小说《三国演义》中位列“五虎上将”之首。关羽是忠肝义胆的代表，被人们尊称为“关二爷”“关公”。他因为太受欢迎了，所以成了一位忙碌的神仙，身兼数职，除了是门神，还是武财神、武圣、南天门元帅等。

财神
我们一起拜门神！
关羽既是门神，也是财神哦。

桃园三结义

明朝小说《三国演义》中提到，刘备、关羽、张飞三人意气相投，在桃园里举杯结义，结拜成了异姓兄弟，发誓同心协力，救困扶危。他们三人恪守信义、生死与共，是历史上著名的结义兄弟，人们从他们的故事中明白了情义值千金。

关羽的封神之路

历代朝廷都将关羽作为忠君爱国的典范，《三国演义》的广泛流传，让“关公”的名号响彻大江南北。

北宋时期被封为忠惠公，义勇武安王

元朝时期被封为显灵义勇武安英济王

明朝时期被封为三界伏魔大帝神威远镇天尊关圣帝君

人气超高的神仙

关羽义薄云天，祠堂遍布天下。清末民初时全国已有三十余万座关帝庙，堪称“万古祠堂遍九州”，他所受的香火比其他神仙要多得多。

“哇！油菜花开了！为什么它们这么听你的话呢？”
“因为我是土地公公呀，方圆几百里的土地都归我管。”

土地神

土地神是谁

神仙档案

- **本名：** 土地神
- **别名：** 土地公公、土地爷、福德正神、社神
- **神职：** 职掌土地、生养万物
- **生日：** 农历二月初二
- **配偶：** 土地婆

传说中的他

周武王二年二月二日，一个名叫张福德的小男孩出生了。他从小聪明伶俐，孝顺父母，36岁时当上了朝廷的总税官。张福德为官清正，深受当地百姓的爱戴。

张福德是个长寿老人，一直活到了102岁。他去世之后，一户贫困人家找来几块大石头，修建了一座石屋来供奉他。没过多久，这户人家居然由贫转富了！

当地百姓知道这件事后，都说是张福德显灵了。于是大家合资为张福德修庙宇、塑金身，把他尊为福德正神供奉，这就是土地神的来历。

掌管一方土地

我国古代是农耕社会，农民认为土生万物，于是就把土地当作神灵来敬奉祭祀。土地神和祭祀土地神的地方都叫作“社”，社神是掌管一块土地的神，这是土地神的起源。

土地的守护者

在土地神的管辖范围内，大小事宜都听他的，这些事包括婚丧嫁娶、鸡鸣狗盗，以及庄稼收成。土地神虽然官儿不大，每天却忙得团团转。

这些你都要管啊？
可不是嘛，一把老骨头都快累散了。

江山社稷

帝王掌管江山社稷，“社”指的是土地，“社神”就是土地神。“稷”指的是土地上生长出来的粮食，统称为“五谷”，“稷神”就是五谷神。古代帝王要祭拜土地神和五谷神，皇家祭祀的地方叫作社稷坛。

别拿土地神不当神仙

“县官不如现管”，土地神虽然级别低，却是最贴近人们日常生活的，因此土地神是庙宇最多的神仙，香火十分旺盛，即使在偏僻的山里也有土地庙。

城隍

城池的守护神

中国古代的城市一般都围着一道土筑的城墙，城墙外挖出一道护城的壕沟，壕沟内有水的叫“池”，没有水的叫“隍”。“城隍”指的就是护城的神仙，可以看作土地神的上司。城隍的人选一般是忠烈正直的人，如杭州的城隍文天祥、上海的老城隍霍光。

千变万化的社神

关于社神的真身，不同地区的人们有不同的说法。有的人说是共工的女儿后土，有的人说是共工的儿子句龙，还有的人说是夏朝的大禹。

大地之母

后土是主宰大地山川的女神仙。后土娘娘掌阴阳、育万物，被叫作“大地之母”。至今，世界上的许多国家都亲切地把大地称呼为母亲。

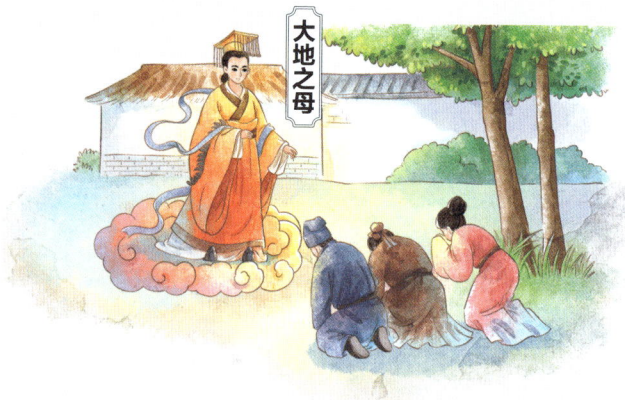

为什么是女神仙？

古人崇拜天地，认为天阳地阴、天公地母，再加上母系社会对女性的崇拜，于是便把后土列为女神仙。

皇天后土

道教有四位主宰万物的天帝，其中玉皇大帝管理天上，被称为“天公”；后土娘娘管理地上，被称为“地母”。人们选取了十分尊荣的两个字，将天地并称为“皇天后土”。

当过土地神的名人们

在历朝历代的土地神中，有一些是历史上非常著名的人物。

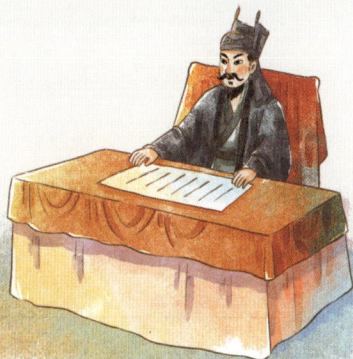

大禹

夏朝的开国君王，死后成为后土之神。

蒋子文

《搜神记》中的土地之神。

韩愈

唐代文豪，清朝时，翰林院与吏部推崇他为土地神。

祭社的节日

社日是祭祀土地神和五谷神的日子，一年两次，包括春社日和秋社日。春社日起初没有固定的时间，到了宋代才定为立春后的第五个戊日，一般在农历二月初二前后。秋社日在立秋后的第五个戊日。人们过社日时，都有哪些有趣的活动呢？

献生子　**挑菜**　**喝社酒**　**系蒜**

心直口快的土地婆

土地神在民间也被称为土地公，在土地公的身边，还有一位白发苍苍的老婆婆，她就是土地公的妻子——土地婆。虽然他们是一家人，但性格却大不相同，土地公和蔼可亲、平易近人，土地婆就不一样了，甚至还有人把土地婆称为恶婆，这是为什么呢？

公做事公平

婆苦口婆心

贫富的源头

玉皇大帝派土地公下凡，并问土地公有什么愿望，土地公说希望所有人都能过上富足的生活。土地婆听后摇摇头，说：“人世间本该有贫有富，如果大家都富足了，谁去做辛苦的工作呢？”土地公听后，认为很有道理。于是，人间就有了贫富差异。

福气该给谁？

穷人向土地公祈求道：“我连一日三餐都吃不饱，求您赐我些福气和钱财吧！”土地公立即动了恻隐之心，这时土地婆开口说道：“如果每个穷人都来向我们求财，难道你要把财产都分给他们吗？”土地公没办法，只能暗中保护善良的穷人了。

拆散孟姜女

孟姜女千里寻夫哭倒了长城，她准备抱着丈夫万喜良的尸骨回家乡。在回乡的途中孟姜女的眼泪落在包袱上，感觉包袱越来越重。这时来了一对老公公和老婆婆，老婆婆把包袱推到了孟姜女的背上，背着包袱，孟姜女感觉轻松了，道谢后就离开了。

老公公说老婆婆心肠狠，因为如果万喜良的尸骨被孟姜女的眼泪渗透，他就能复活了。

老婆婆很生气，拔下簪子在地上划了一道，她脚下的土地就漂走了，一直漂到了海里。这对老人就是土地公和土地婆。

得罪闽南人

一位攻打闽南的武将带人去挖土，想以此来破坏风水。武将白天挖土，土地公和土地婆晚上就来把挖走的土填回去。武将来察看时，听到土地婆冷笑着说：“哼！除非用铜针黑狗血，要不就没法破坏我们的风水。”

武将照做，后来果然将风水破坏了，一举攻破了闽南。土地公得知后，一气之下将土地婆赶出了闽南，闽南人从此只拜土地公，不拜土地婆。

灶神
“哇！这里摆着好多糖果和糕点。
咦，这位神仙是谁呀？这些都是给他吃的吗？
看来他跟我一样爱吃糖！”

一家之主
上天言好事
下界保平安

灶神是谁

《释名》中记载：“灶。造也，创食物也。”灶神负责掌管各家的灶火，关系着吃饭这件头等大事，他还肩负着考察人间善恶的重任。

神仙档案

- **本名：** 灶神
- **别名：** 灶王爷、灶君、灶君司命、灶神星君
- **成就：** 传递民意、上传下达
- **职能：** 主管人间饮食、监察人间罪恶、掌握全家祸福
- **配偶：** 灶王奶奶、灶君夫人

传说中的他

从前有一户姓张的人家，有兄弟二人，大哥有威严，会管理，能镇得住家人，是一家之主。有一年，农历腊月二十三的晚上，大哥去世了。后来就轮到弟弟管家了，可惜他除了画画什么都不会，家里鸡飞狗跳。

有一天，弟弟想了一个办法，他把已故的大哥、大嫂的画像贴在了炉灶前，对全家人说："大哥显灵了，玉皇大帝封他为灶神，负责记录人间的善恶。你们要是再惹是生非，他就到玉皇大帝那儿告你们的状，给全家降下灭顶之灾！"

张家人信以为真，在画像前跪下，连连磕头，说以后再也不敢了。他们还拿来许多糖供奉在画像前，希望灶神吃了后能嘴甜,在玉皇大帝面前说些好话。后来，人们在农历腊月二十三这一天都祭拜灶神。

神秘的灶神

灶神是谁？大家只知道他姓张，关于他的原型有好几种说法，有的人说是黄帝，有的人说是炎帝，有的人说是火神祝融，还有的人说是凡人。

黄帝

《事物原会》中记载："黄帝作灶，死为灶神。"

张奎

《封神演义》中，张奎被姜子牙封为灶神。

张单

《酉阳杂俎》中的灶神是位美男子。

炎帝

《淮南子》中记载："炎帝作火而死为灶。"

祝融

《礼记》注疏中记载："颛顼氏有子曰黎，为祝融，祀以为灶神。"

他是黄帝？

黄帝是人文初祖，他号召大家种五谷，五谷包括稻、黍、稷、麦、菽。他还发明了最早的锅——釜甑，带领人们用它来蒸煮食物，让人们告别了茹毛饮血的时代。此后，人们就把烧熟的谷物叫作饭，将黄帝视为灶神。

稻（水稻）

黍（黄米）

稷（小米）

麦（小麦）

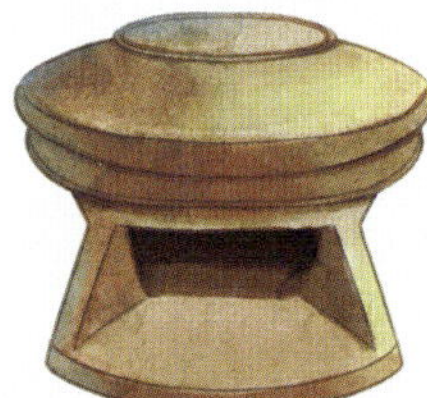

菽（大豆）

是老婆婆还是漂亮姐姐？

古代妇女将食物盛在盆里，酒盛在瓶里来祭灶。《礼记》注疏中记载：“老妇，先炊者也。”意思是灶神是一位老婆婆。另外，在《庄子·达生》中提道：“灶有髻。”“髻”是盘起来的头发。司马彪在批注中说，灶神是一位穿着红衣服的美女。

灶神和他的同事们

古人的家宅守护神体系十分庞大，遍布家中的各个角落，如门神、户神、井神、灶神、中溜神、厕神等。让我们一起来认识一下灶神的神仙“同事”吧！

门神、户神

古代两扇的门叫“门”，一扇的门叫“户”。后来区分就不细致了，统称为“门神”。

井神

除夕，人们要把水缸里挑满水，然后封井，大年初一不取水，初二才从井中取水。

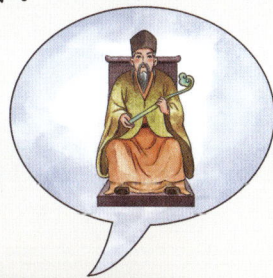

厕神

厕神除了掌管茅厕，还承担着占卜诸事吉凶的职责，能预知人间的祸福。

中溜神

中溜神的身份有好几种说法，“窗神”“土地神”“家宅神”等。

热热闹闹来祭灶

每年农历的腊月二十三，人们都会祭祀灶神，家家户户燃放鞭炮、打扫除尘、沐浴理发，热闹程度堪比过春节，因此人们把这一天称作小年，也叫灶神节。

灶神的工作汇报

灶神在人间考察了一年，在农历腊月二十三这一天，他要上天向玉皇大帝汇报家家户户一年中都做了什么，玉皇大帝根据汇报对人们进行奖惩，有时甚至会影响人们的寿命。谁家行善三年，便会降下福寿。

甜甜的麦芽糖

“二十三，糖瓜粘。”灶神的祭品中有一种特殊的食物——灶糖，它是用麦芽糖制成的一种空心糖果，形状像瓜一样，因此也叫糖瓜。灶糖非常粘牙，可以粘住灶神的嘴，让他说不了坏话，即使他能说话也可以让他嘴甜。

善恶罐

灶神负责考察人间的善恶，他身边跟着两位随从，一个捧着“善罐”，一个捧着“恶罐”，分别把人们做的善事、恶事记录下来，等到年底一并向玉皇大帝禀报。

我今天扶老奶奶过马路了，要帮我记在“善罐”里哦！

送灶神

人们会在小年夜举行送灶神仪式，除了敬香供奉，还有一些有趣的习俗。例如，乞丐会在此时乔装打扮，挨家挨户唱送灶神的歌曲，跳送灶神的舞蹈，从而换取食物。古代还有“男不拜月，女不祭灶”的风俗，因此从前的祭灶活动仅限男子参加，不过现在已经不进行区分了。

祭灶儿歌

灶王爷，本姓张，骑着马，挎着枪。
上西天，见玉皇，年年好，月月强。
上天言好事，下地降吉祥。

灶王爷来咯！

善良的灶王奶奶

人们家中张贴的灶神画像，有时是一个人，有时灶神身边还有一位老婆婆，她就是灶王奶奶，也叫灶君夫人。灶王奶奶名叫王搏颊，她慈眉善目，和灶神一起守护着家宅的平安。

仙女与凡人

玉皇大帝的小女儿心地善良，她爱上了人间的一位穷厨师，玉皇大帝得知后勃然大怒，把女儿贬下凡间。王母娘娘不愿女儿吃苦，请求玉皇大帝封厨师为灶神，小女儿自然就当上了灶王奶奶。

回娘家

每年年底，灶王奶奶都要回娘家，去天庭看望父母。转眼又到了农历腊月二十三她回娘家的日子，可家里什么都没有，连路上的干粮也没有。于是百姓们烙了饼给她，这样路上就有干粮了。灶王奶奶到天庭后，记挂百姓们还在饿肚子，就想办法留在天庭，计划带些吃的回去。

玉皇大帝催她回去时，她总是想出不同的借口，说还有好多事情要做：扎扫帚、做豆腐、割肉、杀鸡等。到了初一拂晓，灶王奶奶带上吃的回家了。

过年儿歌

小孩儿小孩儿你别馋，过了腊八就是年；
腊八粥，喝几天，哩哩啦啦二十三；
二十三，糖瓜粘；二十四，扫房子；
二十五，冻豆腐；二十六，去买肉；
二十七，宰公鸡；二十八，把面发；
二十九，蒸馒头；三十晚上熬一宿；
初一、初二满街走。

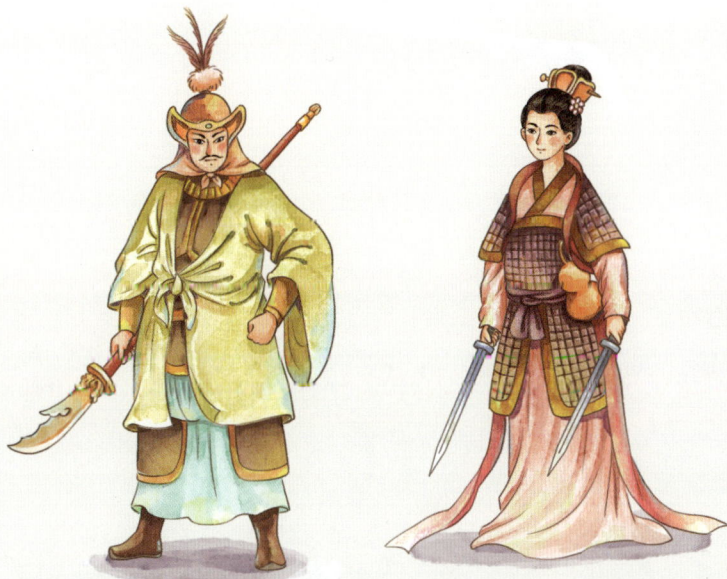

灶王奶奶的原型

《封神演义》中，张奎是渑池县的守将，姜子牙封他为“七杀星君”。张奎的妻子高兰英擅长使太阳神针和两口日月刀，被封为桃花星君。有人说他们夫妻俩就是灶神和灶王奶奶的原型。

本书编委会

执行主编：闫怡然

编　者：王玉玲　冯嘉瑞　刘　伟